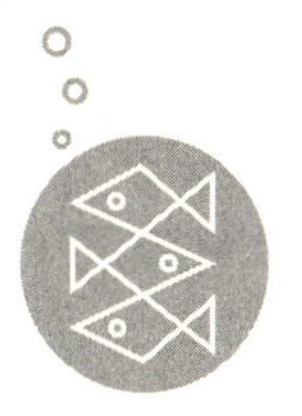

Kiera Cass wurde in South Carolina, USA, geboren und lebt heute mit ihrem Mann und ihren zwei Kindern in Virginia. Die Idee zu den »Selection«-Romanen kam ihr, als sie darüber nachdachte, ob Aschenputtel den Prinzen wirklich heiraten wollte – oder ob ein freier Abend und ein wunderschönes Kleid nicht auch gereicht hätten …

Mit ihren »Selection«-Romanen hat sie es weltweit auf die Bestseller-Listen geschafft.

Weitere Informationen zum Kinder- und Jugendbuchprogramm der S. Fischer Verlage, auch zu E-Book-Ausgaben, gibt es bei *www.fischerverlage.de*

KIERA CASS

SELECTION
STORYS 2
HERZ ODER KRONE

Übersetzt von Susann Friedrich

FISCHER Taschenbuch

Dieses Werk wurde vermittelt durch die Literarische Agentur
Thomas Schlück GmbH, 30827 Garbsen

Erschienen bei FISCHER Kinder- und Jugendtaschenbuch,
Frankfurt am Main, November 2015

Die amerikanische Originalausgabe erschien 2015
unter dem Titel »The Selection Stories 2.
The Queen & The Favorite«
bei HarperTeen, New York

Covergestaltung: Michael Schriewersmann, Vreden
Satz: pagina GmbH, Tübingen
Druck und Bindung: CPI books GmbH, Leck
Printed in Germany
ISBN 978-3-7335-0145-7

INHALT

DIE KÖNIGIN

1

Das Casting lief erst seit zwei Wochen, und ich hatte bereits den vierten Migräneanfall. Wie sollte ich das dem Prinzen erklären? Als wäre es nicht schon schlimm genug, dass fast jedes Mädchen, das noch im Rennen war, eine Zwei war. Meine Zofen mussten so tagtäglich Wunder vollbringen, um meine stark beanspruchten Hände vorzeigbar zu machen. Irgendwann würde ich ihm von den plötzlichen Übelkeitsattacken erzählen müssen, die mich ohne Vorwarnung ereilten. Wenn er überhaupt je Notiz von mir nahm.

Königin Abby saß auf der gegenüberliegenden Seite des Damensalons, als wolle sie sich absichtlich von uns Kandidatinnen abgrenzen. Sie strahlte eine gewisse Kälte aus, was mir den Eindruck vermittelte, dass wir nicht unbedingt willkommen waren.

Sie streckte einer Zofe ihre Hand entgegen, die daraufhin ihre Fingernägel der Reihe nach perfekt in Form feilte. Doch obwohl man sich so hingebungsvoll um sie kümmerte, schien die Königin gereizt zu sein. Das verstand ich zwar nicht, aber ich bemühte mich, sie nicht dafür zu verurteilen. Vielleicht würde sich mein Herz auch verhärten, wenn ich in jungen Jahren meinen Mann verlöre. Was für ein Glück, dass Porter Schreave, der Cousin ihres verstorbenen Ehemannes, sie zur Frau nahm, so dass sie die Krone behalten konnte.

Ich schaute mich im Zimmer um und betrachtete die anderen Mädchen. Gillian war wie ich eine Vier, aber eine gutsituierte. Ihre Eltern waren beide Chefköche, und wenn man ihre Kommentare zu den Speisen hörte, die uns hier im Palast aufgetischt wurden, lag der Schluss nahe, dass Gillian den gleichen Weg einschlagen würde. Leigh und Madison studierten Tiermedizin und besuchten die Ställe so oft, wie man es ihnen erlaubte.

Nova war Schauspielerin und hatte jede Menge Bewunderer, die sie gern auf dem Thron sehen wollten. Uma war Turnerin, ihre zierliche Gestalt wirkte selbst dann noch anmutig, wenn sie einfach nur still dasaß. Einige der anderen Zweier hatten bisher noch keinen Beruf ergriffen. Wenn jemand meine Rechnungen bezahlt, mich versorgt und mir ein Dach über dem Kopf geboten hätte, hätte ich mir darüber wohl auch keine Gedanken gemacht.

Ich massierte mir die schmerzenden Schläfen und spürte die rissige Haut und die Schwielen über meine Stirn reiben. Ich hielt inne und musterte meine übel zugerichteten Hände.

Er würde mich nie wollen.

Ich schloss die Augen und dachte an meine erste Begegnung mit Prinz Clarkson. Ich erinnerte mich an die Berührung seiner kräftigen Hand, die meine schüttelte. Gott sei Dank hatten meine Zofen Spitzenhandschuhe für mich aufgetrieben, sonst hätte man mich auf der Stelle nach Hause geschickt. Er war beherrscht, höflich und aufmerksam. Genau wie ein Prinz sein sollte.

Während der vergangenen zwei Wochen war mir aufgefallen, dass er nicht allzu oft lächelte. Es schien, als hätte er Angst, dafür verurteilt zu werden, die Dinge mit Humor zu nehmen. Doch wie seine Augen strahlten, wenn er es dann einmal tat! Die dunkelblonden Haare, die verwaschenen blauen Augen, die Stärke, die er ausstrahlte ... Er war einfach perfekt.

Traurigerweise war ich es nicht. Dennoch musste es einen Weg geben, um Prinz Clarkson auf mich aufmerksam zu machen.

Liebe Adele,

Ich ließ den Stift einen Moment in der Luft schweben, denn ich fürchtete, ich würde kaum einen vernünftigen Satz zustande bringen. Trotzdem.

Ich habe mich sehr gut im Palast eingelebt. Es ist hübsch hier. Es ist größer und besser als »hübsch«, aber ich bezweifle, dass ich die richtigen Worte kenne, um es treffend zu beschreiben. Hier in Angeles herrscht

eine andere Art von Wärme als bei uns zu Hause, aber auch das kann ich dir nicht richtig beschreiben. Wäre es nicht schön, wenn Du herkommen und alles selbst fühlen, sehen und riechen könntest? Ja wirklich, es gibt hier sehr viel zu riechen.
Was das Casting betrifft, so habe ich noch keine einzige Sekunde allein mit dem Prinzen verbracht.

In meinem Kopf pochte es. Ich schloss die Augen und atmete langsam ein und aus. Ich zwang mich dazu, mich zu konzentrieren.

Bestimmt hast Du im Fernsehen gesehen, dass Prinz Clarkson schon acht Mädchen nach Hause geschickt hat – allesamt Vierer, Fünfer und eine Sechs. Jetzt sind außer mir nur noch zwei weitere Vierer übrig und eine Handvoll Dreier. Ich frage mich, ob man von ihm erwartet, sich für eine Zwei zu entscheiden. Das wäre sicher vernünftig, aber es bricht mir das Herz.
Könntest Du mir einen Gefallen tun? Kannst Du Mutter oder Vater fragen, ob es vielleicht einen entfernten Cousin oder sonst jemanden in der Familie gibt, der einer höheren Kaste angehört? Ich hätte selbst fragen sollen, bevor ich abgereist bin. Ich glaube, eine solche Information würde mir wirklich weiterhelfen.

Jetzt verspürte ich wieder die Übelkeit, die manchmal mit den Kopfschmerzen einherging.

Ich muss Schluss machen. Hier ist viel los. Ich schreibe Dir bald wieder.
Für immer

Deine Amberly

Ich fühlte mich matt. Wieder rieb ich mir die Schläfen in der Hoffnung, es würde mir ein wenig Erleichterung verschaffen. Was aber so gut wie nie der Fall war.

»Ist alles in Ordnung, Amberly?«, fragte Danica.

»Aber ja«, log ich. »Wahrscheinlich bin ich nur müde. Vielleicht sollte ich einen kleinen Spaziergang machen, um meinen Kreislauf in Schwung zu bringen.«

Ich lächelte Danica und Madeline zu, verließ den Damensalon und ging in Richtung Toilette. Ein wenig kaltes Wasser im Gesicht würde zwar mein Make-up ruinieren, aber vielleicht würde ich mich dann besser fühlen. Doch noch bevor ich die Toilette erreicht hatte, wurde mir wieder schummerig. Ich setzte mich auf eine Couch im Flur, lehnte den Kopf gegen die Wand und versuchte wieder zu mir zu kommen.

Ich verstand das nicht. Es war allgemein bekannt, dass Luft und Wasser in den südlichen Landesteilen von Illeá verseucht waren. Selbst die Zweier dort hatten manchmal gesundheitliche Probleme. Aber hätte mir der Aufenthalt im Palast – in sauberer Luft, mit gutem Essen und hervorragender Betreuung – dann nicht Linderung verschaffen sollen?

Wenn das so weiterging, würde ich jegliche Chance vertun, Eindruck auf Prinz Clarkson zu machen. Was war, wenn ich es heute Nachmittag nicht zum Krocketspiel schaffte? All meine Träume schienen mir durch die Finger zu rinnen. Genauso gut konnte ich mir schon jetzt die Niederlage eingestehen. Dann würde es später weniger weh tun.

»Was tun Sie da?«

Ich löste mich abrupt von der Wand und sah, dass Prinz Clarkson auf mich herabblickte.

»Nichts, Eure Hoheit.«

»Sind Sie krank?«

»Nein, natürlich nicht«, versicherte ich ihm und sprang auf die Füße. Aber das war ein Fehler. Die Beine gaben unter mir nach, und ich fiel zu Boden.

»Miss?«, fragte er und kniete sich neben mich.

»Es tut mir leid«, flüsterte ich. »Das ist mir so peinlich.«

Er schob die Arme unter meinen Körper und hob mich hoch. »Schließen Sie die Augen, wenn Ihnen schwindlig ist. Ich bringe Sie jetzt in den Krankenflügel.«

Das würde eine lustige Geschichte für meine Kinder abgeben: Einmal hat der junge König mich durch den ganzen Palast getragen, als wäre ich so leicht wie eine Feder. Es gefiel mir, in seinen Armen zu liegen. Ich hatte mich immer gefragt, wie sie sich wohl anfühlen mochten.

»Ach du liebe Zeit!«, rief jemand. Ich öffnete die Augen und erblickte eine Krankenschwester.

»Ich vermute, sie ist ohnmächtig geworden«, sagte Clarkson. »Auf jeden Fall scheint sie nicht verletzt zu sein.«

»Setzen Sie sie bitte hier ab, Eure Hoheit.«

Prinz Clarkson legte mich auf eines der Betten, die überall im Krankenflügel verteilt standen, und zog behutsam seine Arme unter mir weg. Hoffentlich bemerkte er die Dankbarkeit in meinen Augen.

Ich rechnete damit, dass er sofort wieder gehen würde, doch er blieb stehen, während die Krankenschwester meinen Puls fühlte. »Haben Sie heute schon etwas gegessen, meine Liebe? Und genug getrunken?«

»Wir haben gerade erst gefrühstückt«, antwortete Prinz Clarkson an meiner Stelle.

»Fühlen Sie sich überhaupt schlecht?«

»Nein. Also, ja. Ich meine, das hier bedeutet gar nichts.« Ich hoffte, wenn ich meinen Schwächeanfall als Lappalie abtat, könnte ich später doch noch am Krocketspiel teilnehmen.

Die Schwester blickte gleichzeitig streng und liebenswürdig drein. »Da bin ich anderer Ansicht, denn immerhin musste man Sie hierhertragen.«

»Es passiert ständig«, brach es frustriert aus mir heraus.

»Was meinen Sie damit?«, drang die Schwester in mich.

Ich hatte das eigentlich nicht sagen wollen. Ich seufzte und überlegte, wie ich es erklären sollte. Jetzt würde der Prinz merken, wie sehr das Leben in Honduragua mir geschadet hatte.

»Ich habe oft Kopfschmerzen. Und manchmal wird mir davon schwindlig.« Ich schluckte. Was würde der Prinz nun denken? »Zu Hause gehe ich schon Stunden vor meinen Geschwistern schlafen, nur so überstehe ich dann den folgenden Arbeitstag. Hier ist es schwieriger, sich auszuruhen.«

»Mmm. Hmmm. Haben Sie noch andere Symptome außer Kopfschmerzen und Müdigkeit?«

»Nein, Ma'am.«

Clarkson trat nah an mich heran. Hoffentlich hörte er nicht, wie mein Herz klopfte.

»Wie lange haben Sie das schon?«

Ich hob die Schultern. »Ein paar Jahre, vielleicht auch länger. Es kommt mir schon ganz normal vor.«

Die Schwester wirkte betroffen. »Liegt das vielleicht in Ihrer Familie?«

»Eigentlich nicht«, antwortete ich nach einer Weile. »Aber meine Schwester hat manchmal Nasenbluten.«

»Ist etwa Ihre ganze Familie kränklich?«, fragte Clarkson mit einer Spur von Empörung in der Stimme.

»Nein«, entgegnete ich. Ich wollte mich verteidigen, gleichzeitig war mir die Erklärung unangenehm. »Ich lebe in Honduragua.«

Verstehend hob er die Augenbrauen. »Ach so.«

Es war kein Geheimnis. Im Süden des Landes war

die Luft schlecht und das Wasser verseucht. Es gab dort missgebildete Kinder, unfruchtbare Frauen, und viele Menschen starben jung. Als die Rebellen durch unsere Provinz zogen, hinterließen sie mehrere an die Mauern gesprühte Botschaften. Darin forderten sie eine Erklärung, warum der Palast nichts dagegen unternahm. Es war ein Wunder, dass der Rest meiner Familie nicht genauso krank war wie ich. Oder dass es mir nicht noch schlechter ging.

Ich holte tief Luft. Was um alles in der Welt tat ich hier bloß? In den Wochen bis zum Beginn des Castings hatte sich dieses Märchen in meinem Kopf eingenistet. Doch ich konnte mir noch so viel wünschen oder erträumen, ich würde doch nie gut genug für einen Prinzen wie Clarkson sein.

Ich drehte mich weg, er sollte mich nicht weinen sehen. »Könnten Sie jetzt bitte gehen?«

Ein paar Sekunden lang herrschte Schweigen, dann hörte ich, wie sich seine Schritte entfernten. Sobald sie verklungen waren, brach ich zusammen.

»Schsch, Liebes, schon gut«, sagte die Schwester tröstend. Ich war dermaßen unglücklich, dass ich sie so fest umarmte, wie ich es sonst nur bei meiner Mutter oder bei meinen Geschwistern tat. »In einem solchen Wettbewerb zu bestehen ist sehr anstrengend, und Prinz Clarkson weiß das. Ich werde den Arzt bitten, Ihnen etwas gegen Ihre Kopfschmerzen zu geben. Das wird Ihnen helfen.«

»Ich liebe ihn, seit ich sieben bin. Jedes Jahr singe ich ihm ein Geburtstagslied. Ganz leise, in mein Kissen, damit meine Schwester mich nicht auslacht. Als ich schreiben gelernt habe, habe ich geübt, indem ich unsere Namen nebeneinandergeschrieben habe … und jetzt fragt er mich bei unserem allerersten Gespräch lediglich, ob ich krank bin.« Ich schwieg einen Moment, dann schluchzte ich auf. »Ich bin nicht gut genug.«

Die Krankenschwester unternahm keinen Versuch, mir zu widersprechen. Sie ließ mich einfach weinen. Mein Make-up verteilte sich auf ihrer Schwesterntracht.

Ich schämte mich so. Clarkson würde nie mehr etwas anderes in mir sehen als das kranke Mädchen, das ihn weggeschickt hatte. Ich war mir sicher, dass ich meine Chance, sein Herz zu gewinnen, verspielt hatte. Was sollte er jetzt noch mit mir anfangen können?

2

Wie sich herausstellte, konnten immer nur sechs Spieler beim Krocket mitmachen, was mir sehr gelegen kam. Ich saß da, verfolgte das Spiel der anderen und gab mir Mühe, die Regeln zu verstehen, falls ich an die Reihe kommen würde. Allerdings hatte ich das Gefühl, dass wir uns irgendwann langweilen und das Spiel beenden würden, bevor jede von uns dran gewesen wäre.

»Mein Gott, sieh dir seine Arme an«, seufzte Maureen. Zwar hatte sie nicht mit mir gesprochen, dennoch blickte ich auf. Clarkson hatte sein Jackett ausgezogen und die Ärmel hochgekrempelt. Er sah wirklich, *wirklich* gut aus.

»Wie kann ich ihn bloß dazu bringen, diese Arme um mich zu legen?«, scherzte Kella. »Beim Krocket kann man schlecht eine Verletzung vortäuschen.«

Die anderen Mädchen lachten, und Clarkson schaute zu ihnen hinüber, die Spur eines Lächelns auf den Lippen. So sah es bei ihm immer aus, es war nur der Hauch eines Lächelns. Eigentlich hatte ich ihn noch nie richtig lachen sehen. Ein kurzes Schmunzeln, das ja, aber noch nie hatte ihn etwas so belustigt, dass er in herzhaftes Lachen ausgebrochen wäre. Allerdings hypnotisierte mich bereits die Andeutung eines Lächelns auf seinem Gesicht geradezu. Mehr war gar nicht nötig.

Die Mannschaften bewegten sich über das Spielfeld, und ich war mir sehr bewusst, dass der Prinz in meiner Nähe stand. Als eins der Mädchen einen recht guten Schlag ausführte, wanderte sein Blick zu mir, ohne dass er dabei den Kopf bewegte. Ich schaute zu ihm auf, doch er wandte seine Aufmerksamkeit wieder dem Spiel zu. Einige der Mädchen jubelten, und er trat noch näher zu mir.

»Da drüben steht ein Tisch mit Erfrischungen«, sagte er leise, wobei er jeden Augenkontakt vermied. »Vielleicht sollten Sie sich etwas Wasser holen.«

»Es geht mir gut.«

»Bravo, Clementine!«, rief er einem Mädchen zu, das erfolgreich den Schlag einer anderen abgewehrt hatte. »Trotzdem. Flüssigkeitsmangel kann Kopfschmerzen noch verschlimmern. Es könnte gut für Sie sein.«

Endlich richtete er den Blick auf mich. Da war etwas in seinen Augen. Keine Liebe, vielleicht nicht einmal Zuneigung, aber doch etwas, das ein oder zwei Stufen oberhalb von Besorgnis lag.

Eine Weigerung erschien mir sinnlos, deshalb stand ich auf und ging hinüber zu dem Tisch. Ich wollte mir gerade etwas Wasser einschenken, als mir eine Dienerin den Krug aus der Hand nahm.

»Entschuldigung«, murmelte ich. »Ich habe mich noch immer nicht daran gewöhnt.«

Sie lächelte. »Das ist doch kein Problem. Nehmen Sie sich etwas Obst. Es ist sehr erfrischend an einem solchen Tag.«

Ich stand neben dem Tisch und aß Trauben mit einer winzigen Gabel. Auch das musste ich unbedingt Adele erzählen: extra Besteck zum Obstessen.

Clarkson blickte ein paarmal in meine Richtung, er schien sich vergewissern zu wollen, ob ich auch tat, was er mir geraten hatte. Ich hätte nicht sagen können, ob es das Essen oder seine Aufmerksamkeit war, was mich aufmunterte, aber es ging mir tatsächlich etwas besser. Trotzdem beteiligte ich mich nicht an dem Spiel.

Und es vergingen drei weitere Tage, bevor Clarkson wieder mit mir sprach.

Das Abendessen neigte sich dem Ende zu. Der König hatte sich bald entschuldigt, und die Königin hatte schon fast eine ganze Flasche Wein geleert. Einige der Mädchen knicksten und verließen den Speisesaal, weil sie nicht Zeuge sein wollten, wie Königin Abby sich nachlässig auf einem Arm abstützte. Ich saß mittlerweile allein an meinem Tisch und war entschlossen, den Schokoladenkuchen bis zum letzten Krümel aufzuessen.

»Wie geht es Ihnen heute, Amberly?«

Ich riss den Kopf hoch. Clarkson war zu mir herübergekommen. Gott sei Dank hatte ich gerade nicht den Mund voll. »Sehr gut. Und Ihnen?«

»Ausgezeichnet, danke der Nachfrage.«

Ein kurzes Schweigen entstand, und ich wartete darauf, dass er weiterredete. Oder sollte ich das Wort ergreifen? Gab es Regeln für die Reihenfolge bei einer Unterhaltung mit dem Prinzen?

»Mir ist gerade aufgefallen, wie lang Ihre Haare sind«, bemerkte er.

»Oh.« Ich stieß ein kurzes Lachen aus und senkte den Blick. Meine Haare reichten mir mittlerweile fast bis zur Taille. »Ja. Das ist sehr praktisch für Zöpfe, die ich zu Hause gern trage.«

»Finden Sie nicht, dass es vielleicht etwas zu lang ist?«

»Äh. Ich weiß nicht, Eure Hoheit.« Ich ließ meine Finger darübergleiten. War meine Frisur vielleicht zerzaust, und ich hatte es nicht gemerkt? »Was denken Sie?«

Er legte den Kopf schief. »Es hat eine sehr schöne Farbe. Ich glaube, es würde noch hübscher aussehen, wenn es etwas kürzer wäre.« Er zuckte mit den Achseln und entfernte sich langsam. »Nur so ein Gedanke!«, rief er über die Schulter hinweg.

Einen Augenblick lang saß ich da und überlegte. Dann ließ ich den Kuchen stehen und ging auf mein Zimmer. Wie immer warteten dort meine Zofen auf mich. »Martha, könnten Sie mir die Haare schneiden?«

»Aber natürlich, Miss. Wenn ich ungefähr zwei Zentimeter abschneide, bleiben die Spitzen schön gesund«, antwortete Martha und ging schon Richtung Bad.

»Nein«, entgegnete ich. »Ich möchte es kürzer haben.«

Sie schwieg einen Moment. »Wie kurz?«

»Nun ... Immer noch bis über die Schultern, vielleicht bis auf Höhe der Schulterblätter?«

»Aber das sind mehr als dreißig Zentimeter, Miss!«

»Ich weiß. Können Sie es trotzdem tun? Und zwar so, dass es auch hübsch aussieht?« Ich hielt mir die dicken Strähnen neben das Gesicht und stellte mir die gekürzten Haare vor.

»Selbstverständlich, Miss. Aber warum wollen Sie das?«

Ich ging an ihr vorbei ins Bad. »Ich glaube, es wird Zeit für eine Veränderung.«

Meine Zofen halfen mir, das Kleid auszuziehen, und legten mir dann ein Handtuch über die Schultern. Als Martha anfing, schloss ich die Augen. Ich war mir nicht ganz sicher, was ich da tat. Aber Clarkson fand, ich würde mit kürzeren Haaren besser aussehen, und Martha würde dafür sorgen, dass sie noch immer lang genug waren, um sie hochzustecken. Ich hatte also nichts zu verlieren.

Ich wagte nicht einmal einen kurzen Blick in den Spiegel, bis sie fertig war. Wieder und wieder hörte ich das metallische *Schnipp* der Schere. Ich merkte, wie

Marthas Schnitte präziser wurden, als ob sie alles auf gleiche Länge kürzte. Wenig später war sie fertig.

»Wie finden Sie es, Miss?«, fragte sie zögernd.

Ich öffnete die Augen. Erst konnte ich überhaupt keinen Unterschied erkennen. Doch dann wandte ich leicht den Kopf, und ein Teil meiner Haare fiel über die Schulter nach vorn. Es war, als ob mein Gesicht von einem mahagonifarbenen Rahmen umgeben war.

Er hatte recht gehabt.

»Ich finde es toll, Martha!«, jauchzte ich und strich mit beiden Händen über meinen Kopf.

»Es lässt Sie viel reifer aussehen«, bemerkte Cindly.

Ich nickte. »Ja, oder?«

»Warten Sie mal kurz«, rief Emon und lief hinüber zum Schmuckkästchen. Sie nahm verschiedene Stücke heraus, suchte aber offenbar nach etwas Bestimmtem. Die Halskette, mit der sie schließlich ankam, hatte große, glänzend rote Steine. Bisher hatte ich mich nicht getraut, sie zu tragen.

Schon so oft hatte ich mir Prinz Clarkson als meinen zukünftigen Mann vorgestellt, doch noch nie hatte ich ihn als denjenigen betrachtet, der mich zur Prinzessin machen konnte. Zum allerersten Mal wurde mir klar, dass ich mir auch das wünschte. Ich besaß keine großartigen Verbindungen und war auch nicht vermögend, aber ich spürte, dass dies eine Rolle war, die ich nicht nur ausfüllen, sondern in der ich wirklich glänzen würde. Ich hatte schon immer gefunden, dass ich gut zu

Clarkson passte, und vielleicht passte ich auch gut zu einem Prinzen.

Ich betrachtete mich im Spiegel und sah dabei nicht nur das *Schreave* am Ende meines Namens, sondern gleichzeitig das vorangestellte Wort *Prinzessin.* In diesem Moment wollte ich ihn, die Krone – und alles, was dazugehörte – wie nichts zuvor.

3

Am nächsten Morgen bat ich Martha, mir einen mit Edelsteinen besetzten Haarreif herauszusuchen, und ließ die Haare offen über meine Schultern fallen. Noch nie war ich beim Frühstück so aufgeregt gewesen. Ich fand mich wirklich schön, und ich konnte es kaum erwarten, herauszufinden, ob Clarkson das genauso sah.

Es wäre klug gewesen, ein bisschen früher als gewöhnlich im Speisesaal zu erscheinen, stattdessen kam ich gleichzeitig mit einigen anderen Mädchen herein und verpasste die Chance, die Aufmerksamkeit des Prinzen auf mich zu lenken. Alle paar Sekunden wanderten meine Augen zum Tisch der Königsfamilie, doch Clarkson war mit seinem Essen beschäftigt. Er schnitt seine Waffeln mit Speck klein, und richtete gelegentlich den Blick auf die Papiere, die neben ihm lagen. Sein Vater nahm fast ausschließlich Kaffee zu sich. Nur wenn er kurz die Augen von dem Dokument abwandte, das er las, schob er sich einen Bissen in den Mund. Ich vermutete, sie studierten beide dasselbe, und da sie es bereits so früh am Morgen taten, hieß das wohl, dass sie heute viel zu tun hatten. Die Königin war bisher nicht erschienen, und obwohl niemand das Wort *Kater* in den Mund nahm, waren die unausgesprochenen Gedanken aller Anwesenden fast hörbar.

Sobald das Frühstück vorbei war, verließen Clarkson und der König den Saal, um die Dinge zu tun, die das Land am Laufen hielten.

Ich seufzte. Dann vielleicht am Abend.

Im Damensalon war es heute still. Die Kennenlern-Gespräche hatten sich erschöpft, und wir hatten uns daran gewöhnt, die Tage gemeinsam zu verbringen. Wie fast immer saß ich mit Madeline und Bianca zusammen. Bianca stammte aus Honduraguas Nachbarprovinz, wir hatten uns im Flugzeug kennengelernt. Madelines Zimmer befand sich direkt neben meinem, und am allerersten Tag hatte ihre Zofe an meine Tür geklopft, um sich ein wenig Garn auszuborgen. Eine halbe Stunde später war Madeline vorbeigekommen, um sich zu bedanken, und seitdem waren wir befreundet.

Von Beginn an hatten sich im Damensalon Cliquen gebildet. Im täglichen Leben waren wir ja auch an die Unterteilung in Gruppen gewöhnt – hier die Dreier, dort die Fünfer – daher war es vielleicht ganz natürlich, dass dies auch im Palast geschah. Aber auch wenn die einzelnen Cliquen nicht ausschließlich aus den Angehörigen der gleichen Kasten bestanden, wäre es mir dennoch lieber gewesen, wir hätten uns überhaupt nicht aufgeteilt. Machte uns die Teilnahme am Casting nicht alle gleich, zumindest solange der Wettbewerb andauerte? Machten wir nicht alle genau dasselbe durch? Obwohl es im Moment so schien, als bestünde unser Aufenthalt im Palast nur aus Nichtstun. Ich wünschte, es würde etwas passieren, zumindest hätten wir dann ein Gesprächsthema.

»Gibt es Neuigkeiten von daheim?«, fragte ich in dem Bemühen, eine Unterhaltung in Gang zu bringen.

Bianca blickte auf. »Meine Mom hat mir gestern geschrieben, dass Hendly sich verlobt hat. Ist das zu glauben? Sie ist doch erst vor einer Woche abgereist!«

Jetzt wurde auch Madeline munter. »Welcher Kaste gehört er an? Hat sie sich verbessert?«

»Allerdings!« Biancas Augen leuchteten vor Begeisterung. »Er ist eine Zwei! Ich meine, das lässt einen doch hoffen. Ich bin ja eine Drei, und der Gedanke, einen Schauspieler statt eines langweiligen Arztes heiraten zu können, baut mich auf.«

Madeline kicherte und nickte zustimmend.

Ich war mir da nicht so sicher. »Kannte sie ihn denn schon? Ich meine, bevor sie am Casting teilgenommen hat?«

Bianca legte den Kopf schief, als ob meine Frage absolut albern wäre. »Sehr unwahrscheinlich. Sie war eine Fünf, und er ist eine Zwei.«

»Na ja, ich meine, sie hätte gesagt, ihre Familie bestünde aus Musikern, also ist sie vielleicht schon mal vor ihm aufgetreten«, schlug Madeline als mögliche Erklärung vor.

»Das kann natürlich sein«, stimmte ihr Bianca zu. »Dann waren sie sich also vielleicht doch nicht völlig fremd.«

»Hm«, murmelte ich.

»Neidisch?«, fragte Bianca.

Ich lächelte. »Nein. Wenn Hendly glücklich ist, dann freue ich mich für sie. Dennoch kommt es mir ein bisschen seltsam vor, jemanden zu heiraten, den man kaum kennt.«

»Aber tun wir denn nicht das Gleiche?«, fragte Madeline.

»Nein!«, widersprach ich energisch. »Der Prinz ist doch kein Fremder!«

»Ach wirklich?«, fragte Madeline herausfordernd. »Dann erzähl mir doch bitte alles, was du über ihn weißt, denn ich habe den Eindruck, als wüsste ich rein gar nichts.«

»Ich eigentlich auch nicht«, gestand Bianca.

Ich holte tief Luft, um eine lange Liste von Fakten über Clarkson herunterzubeten ... Doch da gab es eigentlich nicht viel.

»Ich sage ja nicht, dass ich jedes noch so kleine Geheimnis von ihm kenne, aber er ist doch auch nicht irgendein Junge, der einem auf der Straße begegnet. Wir sind mit ihm aufgewachsen, haben seine Auftritte im *Hauptstadtbericht* verfolgt und sein Gesicht schon tausendmal gesehen. Vielleicht kennen wir nicht alle Einzelheiten, trotzdem habe ich einen sehr klaren Eindruck von ihm. Ihr nicht?«

Madeline lächelte. »Ich denke, du hast recht. Es ist ja nicht so, als wären wir hier zur Tür hereinspaziert, ohne seinen Namen zu kennen.«

»Genau.«

Eine Dienerin hatte sich uns so leise genähert, dass ich sie erst bemerkte, als sie mir ins Ohr flüsterte. »Man verlangt nach Ihnen, Miss.«

Verwirrt schaute ich sie an. Ich hatte nichts Unrechtes getan. Ich wandte mich den beiden anderen Mädchen zu und zuckte mit den Schultern. Dann stand ich auf und folgte der Dienerin aus dem Salon.

Draußen auf dem Flur machte sie lediglich eine Handbewegung, und ich drehte mich um und entdeckte Prinz Clarkson. Er hatte wieder diese Andeutung eines Lächelns auf den Lippen und hielt etwas in der Hand.

»Ich habe gerade ein Paket in der Poststelle abgegeben, und der Bedienstete dort hatte das hier für Sie«, sagte er und zeigte mir den Umschlag. »Ich dachte, Sie würden ihn vielleicht gern sofort bekommen.«

So schnell, wie es als Dame gerade noch schicklich war, ging ich auf ihn zu und streckte die Hand danach aus. Sein Grinsen bekam etwas Hinterhältiges, und plötzlich reckte er den Arm hoch in die Luft.

Ich kicherte, hüpfte hoch und versuchte verzweifelt an den Brief zu kommen. »Das ist unfair!«

»Versuchen Sie es noch mal.«

Ich konnte ziemlich gut springen, aber nicht mit solchen Absätzen, und außerdem war ich selbst in diesen Schuhen immer noch ein Stück kleiner als er. Trotzdem machten mir meine vergeblichen Bemühungen nichts aus, denn irgendwann während meiner sinnlosen Hüpferei spürte ich, wie sich sein Arm um meine Taille legte.

Endlich gab er mir den Brief. Wie ich vermutet hatte, war er von Adele. So viele glückliche Momente füllten den heutigen Tag.

»Sie haben Ihre Haare geschnitten.«

Ich riss meinen Blick von dem Brief los. »Ja, habe ich. Gefällt es Ihnen?«

Mit einem schalkhaften Blick musterte er mich. »Ja. Sehr sogar.« Damit drehte er sich um und marschierte den Flur entlang, wobei er sich kein einziges Mal umblickte.

Ja, ich hatte eine Ahnung, was für ein Mensch er war. Obwohl mir erst jetzt, wo ich ihm täglich begegnete, klarwurde, dass er noch viel mehr Facetten besaß als das, was ich im *Bericht* von ihm gesehen hatte. Doch das fand ich alles andere als abschreckend.

Im Gegenteil, er war ein Rätsel, und ich brannte darauf, es zu lösen.

Ich lächelte und riss den Umschlag auf. Damit ich mehr Licht hatte, trat ich an eins der Fenster.

Liebe, liebe Amberly,

Ich vermisse Dich so sehr, dass es weh tut. Fast genauso weh wie in den Momenten, in denen ich an all die schönen Kleider denke, die Du trägst, und an das Essen, das Du genießen darfst. Ich kann mir nicht einmal vorstellen, welche Düfte Dich dort umgeben. Ich wünschte, ich könnte es.
Mutter weint fast jedes Mal, wenn sie Dich im Fernsehen sieht. Du siehst wie eine Eins aus! Wenn ich nicht die Kastenzugehörigkeit aller Mädchen kennen würde, würde ich nie denken, dass ihr nicht Teil der königlichen Familie seid. Ist das nicht seltsam? Wenn sie es darauf anlegen, können sie so tun, als würden die Kasten gar nicht existieren. Andererseits, für Dich existieren sie ja irgendwie auch nicht, meine kleine Miss Drei.
Wo wir gerade davon sprechen: Um deinetwillen wünschte ich natürlich, es gäbe einen lang verschollenen Zweier in der Familie, aber Du ahnst ja schon, dass dies nicht so ist. Ich habe noch mal nachgefragt: Wir sind schon immer Vierer gewesen, und mehr ist dazu nicht zu sagen. Die einzigen bemerkenswerten Neuzugänge in der Familie gehen leider in die falsche Richtung. Ich hätte Dir das am liebsten gar nicht geschrieben, und ich hoffe, keiner liest diesen Brief vor Dir, aber unsere Cousine Romina ist schwanger. Offenbar hat sie sich in den Sechser verliebt, der für die Rakes den Lieferwagen fährt. Sie werden am Wochenende

heiraten, worüber alle erleichtert sind. Der zukünftige Vater (Warum kann ich mir bloß seinen Namen nicht merken?) will nicht, dass sein Kind als Acht aufwächst, womit er sich verantwortungsvoller verhält, als so manch älterer Mann es tun würde. Wie schade, dass Du die Hochzeit verpassen wirst, aber wir alle freuen uns für Romina.

Tja, das ist Deine Familie: ein Haufen Farmer, Fabrikarbeiter und ein paar Gesetzesbrecher. Sei einfach das wunderschöne, liebenswerte Mädchen, als dass wir Dich kennen, und der Prinz wird sich zweifellos in Dich verlieben – auch wenn Du zuvor eine Vier gewesen bist. Wir alle lieben Dich. Schreib mal wieder. Ich vermisse es, Deine Stimme zu hören. Wenn Du da bist, geht es hier viel friedlicher zu. Aber das habe ich erst gemerkt, nachdem Du abgereist warst.

Fürs Erste Lebewohl, Prinzessin Amberly. Und bitte denk an uns kleine Leute, wenn Du die Krone bekommst!

4

An diesem Abend bürstete Martha die Knoten aus meinen Haaren. Auch wenn sie jetzt kürzer waren, war dies noch immer eine langwierige Angelegenheit, da sie so dick waren. Insgeheim hoffte ich, sie würde sich Zeit lassen. Das Haarekämmen war eines der wenigen Dinge, die mich an zu Hause erinnerten. Wenn ich die Augen schloss, hätte es auch Adele sein können, die den Kamm durch meine Haare zog.

Gerade als ich mir den leichten Grauschleier meiner Heimat vorstellte und Mutters Summen über dem Dauergetöse der Lieferwagen hörte, klopfte es an der Tür, und ich wurde unsanft zurück in die Gegenwart katapultiert.

Cindly öffnete die Tür und machte sofort einen tiefen Knicks. »Eure Hoheit.«

Ich stand auf und verschränkte die Arme vor der Brust, ich fühlte mich völlig schutzlos. Die Nachthemden hier waren so dünn.

»Martha«, flüsterte ich eindringlich. Aus ihrem

Knicks blickte sie zu mir hoch. »Meinen Morgenmantel, bitte.«

Sie sauste davon, um ihn zu holen, und ich drehte mich um und schaute Prinz Clarkson an. »Eure Hoheit. Wie freundlich von Ihnen, mich zu besuchen«, sagte ich und machte ebenfalls einen raschen Knicks, dann verschränkte ich wieder die Arme.

»Ich habe mich gefragt, ob Sie mir vielleicht bei einem späten Dessert Gesellschaft leisten wollen.«

Eine Verabredung? Er war hier wegen einer Verabredung?

Und ich war im Nachthemd, bereits abgeschminkt, die Haare nur halb gekämmt. »Äh, soll ich mich ... umziehen?«

Martha reichte mir meinen Morgenmantel, und ich schlüpfte schnell hinein.

»Nein, Sie sehen gut aus, wie Sie sind«, versicherte er mir und betrat mein Zimmer, als würde es ihm gehören. Was ja irgendwie auch stimmte.

Hinter ihm huschten Emon und Cindly hinaus. Martha sah mich an, sie wartete auf meine Anweisungen, und nach einem kurzen Nicken meinerseits ging sie ebenfalls.

»Sind Sie zufrieden mit Ihrem Zimmer?«, fragte Clarkson. »Es ist recht klein.«

Ich lachte. »Ich nehme an, wenn man in einem Palast aufgewachsen ist, kommt es einem wohl so vor. Aber mir gefällt es.«

Er ging hinüber zum Fenster. »Eine schöne Aussicht haben Sie auch nicht.«

»Aber ich mag das Geplätscher des Springbrunnens. Und wenn jemand auf die Auffahrt fährt, höre ich das Knirschen der kleinen Kieselsteine. Ich bin eine Menge Lärm gewohnt.«

Er verzog das Gesicht. »Welche Art von Lärm?«

»Musik aus Lautsprechern. Bevor ich hergekommen bin, war mir gar nicht klar, dass das nicht in jeder Stadt so ist. Und dann die Motorengeräusche von Lastwagen oder Motorrädern. Ach, und Hunde. Ich bin an ihr Bellen gewöhnt.«

»Das nenne ich ein Schlaflied«, bemerkte er und kam zurück zu mir. »Sind Sie fertig?«

Unauffällig suchte ich nach meinen Pantoffeln, entdeckte sie neben meinem Bett und schlüpfte hinein. »Ja.«

Er ging zur Tür, dann schaute er mich an und hielt mir den Arm hin. Ich unterdrückte ein Lächeln, als ich mich bei ihm einhängte.

Er schien es nicht besonders zu mögen, angefasst zu werden. Mir war schon aufgefallen, dass er beim Gehen meistens die Hände auf dem Rücken verschränkte und seine Schritte stets sehr zügig waren. Selbst jetzt war unser Spaziergang über die Flure alles andere als gemächlich.

Wenn man das bedachte, dann entzückte es mich umso mehr, wie er mich neulich mit dem Brief geneckt hatte. Und auch, dass er mir in diesem Moment erlaubte, ihm so nah zu sein.

»Wohin gehen wir?«

»Im dritten Stock gibt es einen außergewöhnlich hübschen Salon. Mit einem sehr schönen Blick in den Garten.«

»Mögen Sie den Garten?«

»Ich *schaue* ihn gern an.«

Ich lachte, aber er war vollkommen ernst.

Wir gelangten zu einer offen stehenden Flügeltür, und selbst im Flur spürte ich schon die frische Luft. Der Salon war nur von Kerzen beleuchtet, und ich dachte, mein Herz würde zerspringen vor Glück.

Drei riesige Fenster waren geöffnet, und die bauschigen Vorhänge bewegten sich in der Brise. Vor dem mittleren Fenster stand ein kleiner Tisch mit einem bezaubernden Blumenschmuck und zwei Stühlen. Daneben befand sich ein Dessertwagen mit mindestens acht verschiedenen Sorten Nachtisch.

»Ladys first«, sagte er und deutete auf den Dessertwagen.

Ich ging darauf zu und konnte nicht aufhören zu lächeln. Wir waren allein. Er hatte das hier nur für mich arrangiert. All meine Mädchenträume wurden wahr.

Ich versuchte mich auf den Dessertwagen zu konzentrieren. Ich entdeckte Pralinen in unterschiedlichen Formen, hatte aber keine Ahnung, mit was sie gefüllt waren. Weiter hinten türmten sich kleine Küchlein mit geschlagener Sahne, die nach Zitrone roch. Direkt vor mir lag Blätterteiggebäck, das mit irgendetwas besprüht war.

»Ich weiß nicht, für was ich mich entscheiden soll«, gestand ich.

»Dann entscheiden Sie sich einfach gar nicht«, sagte Clarkson, nahm einen Teller und legte ein Teil von jeder Sorte darauf. Er stellte den Teller auf den Tisch und zog mir den Stuhl zurück. Ich nahm Platz, dann wartete ich, bis er sich selbst aufgetan hatte.

Als er fertig war, musste ich schon wieder lachen.

»Haben Sie auch wirklich genug genommen?«, zog ich ihn auf.

»Ich mag Erdbeertörtchen«, verteidigte er sich. Er hatte mindestens fünf davon auf seinen Teller gehäuft. »Also, Sie sind eine Vier. Womit verdienen Sie Ihren Lebensunterhalt?« Er nahm einen Bissen von seinem Nachtisch.

»Ich arbeite in der Landwirtschaft.« Ich spielte mit einer Praline.

»Sie meinen, Sie besitzen eine Farm.«

»Etwas in der Art.«

Er legte seine Gabel beiseite und betrachtete mich.

»Meinem Großvater gehörte eine Kaffeeplantage. Er hat sie meinem Onkel hinterlassen, weil er der älteste Sohn ist, und jetzt arbeiten auch mein Vater, meine Mutter, meine Geschwister und ich dort«, sagte ich.

Er schwieg einen Moment lang.

»Nun... Was machen Sie da genau?«

Ich ließ die Praline zurück auf meinen Teller fallen und legte die Hände in den Schoß. »Meistens pflücke ich Kaffeebohnen. Und ich arbeite in der Rösterei mit.«

Er blieb still.

»Früher lag sie versteckt in den Bergen - die Plantage, meine ich -, doch jetzt führen sehr viele Straßen hindurch. Das macht zwar den Abtransport der Ernte einfacher, aber den Smog schlimmer. Meine Familie und ich, wir wohnen in...«

»Hören Sie auf.«

Ich blickte zu Boden. Ich konnte nichts daran ändern, womit ich meinen Lebensunterhalt verdiente.

»Sie sind eine Vier, aber Sie tun die Arbeit eines Siebeners?«, fragte er leise.

Ich nickte.

»Haben Sie das irgendjemand gegenüber erwähnt?«

Ich dachte an meine Gespräche mit den anderen Mädchen. Ich neigte dazu, eher die anderen über sich erzählen zu lassen. Was mich selbst betraf, so hatte ich hauptsächlich Geschichten von meinen Geschwistern zum Besten gegeben, und mich mit großem Vergnügen über Fernsehshows ausgetauscht. Aber über meine Arbeit hatte ich nie gesprochen. Jedenfalls glaubte ich das.

»Nein, ich denke nicht.«

Er blickte erst an die Decke und dann wieder zu mir. »Sie dürfen keinem Menschen erzählen, was Sie tun. Wenn jemand fragt, dann sagen Sie, Ihre Familie besäße eine Kaffeeplantage und Sie würden dabei helfen, sie zu leiten. Bleiben Sie vage und verraten Sie niemandem, dass Sie körperliche Arbeit verrichten. Ist das klar?«

»Ja, Eure Hoheit.«

Er sah mich mit einem Blick an, der das Gesagte wohl noch einmal unterstreichen sollte. Doch mehr als sein mündlicher Befehl war gar nicht nötig. Ich hätte mich nie seinen Anweisungen widersetzt.

Er wandte sich wieder seinem Nachtisch zu, allerdings stach er jetzt ein bisschen aggressiver auf die Törtchen ein als zuvor. Ich war zu nervös, um überhaupt etwas zu probieren.

»Habe ich Sie beleidigt, Eure Hoheit?«

Er richtete sich auf und legte den Kopf schief. »Warum um alles in der Welt glauben Sie das?«

»Sie scheinen ... verärgert zu sein.«

»Mädchen sind so einfältig«, murmelte er in sich hinein. »Nein, Sie haben mich nicht beleidigt. Ich mag Sie. Was glauben Sie, warum wir hier sitzen?«

»Damit sie mich mit den Zweier- und Dreiermädchen vergleichen können und Ihre Entscheidung, mich nach Hause zu schicken, bestätigt sehen.« Eigentlich hatte ich das gar nicht sagen wollen. Beschämt senkte ich den Kopf.

»Amberly«, sagte er leise. Ich blickte ihn unter gesenkten Wimpern an. Mit einem halben Lächeln auf den Lippen griff er über den Tisch. Vorsichtig, als ob dieser Augenblick in der Sekunde, in der er meine raue

Haut berührte, zerstört werden könnte, legte ich meine Hand in seine. »Ich schicke Sie nicht nach Hause. Nicht heute.«

Meine Augen füllten sich mit Tränen, aber ich blinzelte sie weg.

»Ich bin in einer sehr besonderen Lage«, erklärte er. »Und ich versuche nur, die Pros und Contras meiner verschiedenen Optionen zu erkennen.«

»Dass ich die Arbeit einer Sieben mache, ist ein Contra, nehme ich an?«

»Absolut«, antwortete Clarkson ohne eine Spur von Bosheit in der Stimme. »Deshalb soll es ja auch unter uns bleiben.«

Ich reagierte mit einem winzigen Nicken.

»Möchten Sie mir noch andere Geheimnisse mitteilen?«, fragte er und zog dann langsam seine Hand weg, um weiteressen zu können. Ich versuchte ebenfalls einen Bissen zu mir zu nehmen.

»Nun ja, wie Sie bereits wissen, bin ich ab und zu krank.«

Wieder schwieg er eine Weile. »Stimmt. Woran leiden Sie genau?«

»Ich weiß es nicht. Ich hatte schon immer ein Problem mit Kopfschmerzen, und manchmal werde ich sehr müde. Die Lebensbedingungen in Honduragua sind eben nicht gerade die besten.«

Er nickte. »Morgen gehen Sie nach dem Frühstück statt in den Damensalon in den Krankenflügel. Ich will, dass Dr. Mission Sie untersucht. Wenn Sie eine Behandlung brauchen, kann er Ihnen sicher helfen.«

»Das mache ich.« Endlich schaffte ich es, ein wenig Blätterteiggebäck herunterzuschlucken. Am liebsten hätte ich geseufzt, so köstlich war es. Zu Hause war Nachtisch eine absolute Seltenheit.

»Sie haben also Geschwister?«

»Ja, einen älteren Bruder und zwei ältere Schwestern.«

Er verzog das Gesicht. »Das hört sich ... recht eng an.«

Ich lachte. »Manchmal ist es das. Zu Hause teile ich mir ein Bett mit Adele. Sie ist zwei Jahre älter als ich. Es ist so seltsam, ohne sie zu schlafen, dass ich manchmal als Ersatz einen Haufen Kissen neben mir auftürme.«

Er schüttelte den Kopf. »Aber jetzt haben Sie endlich einmal den ganzen Platz für sich allein.«

»Ja, aber ich bin eben nicht daran gewöhnt. Ich bin an gar nichts hier gewöhnt. Das Essen ist mir fremd. Die Kleider sind mir fremd. Es riecht sogar anders hier, obwohl ich nicht genau sagen kann, was es ist.«

Er legte das Besteck hin. »Wollen Sie damit etwa sagen, dass es im Palast stinkt?«

»Überhaupt nicht! Aber es ist eben ein anderer Geruch. Nach alten Büchern und Gras und nach dem Putzmittel, das die Dienerinnen zum Saubermachen benutzen. Ich wünschte, ich könnte den Geruch in Flaschen abfüllen und ihn immer bei mir tragen.«

»Das ist das ausgefallenste Souvenir, von dem ich je gehört habe«, sagte er leichthin.

»Hätten Sie gern eins aus Honduragua? Wir haben dort hervorragenden Dreck.«

Wieder versuchte er sein Lächeln zu unterdrücken, er schien einfach Angst zu haben, offen zu lachen.

»Ein sehr großzügiges Angebot«, bemerkte er. »Ist es unhöflich von mir, Ihnen all diese Fragen zu stellen? Gibt es etwas, das Sie über mich wissen möchten?«

Ich riss die Augen auf. »Alles! Was gefällt Ihnen bei Ihrer Arbeit am meisten? Wo sind Sie bereits überall gewesen? Haben Sie schon mal an Gesetzen mitgearbeitet? Was ist Ihre Lieblingsfarbe?«

Er schüttelte den Kopf und schenkte mir wieder dieses halbe Lächeln, das zum Dahinschmelzen war. »Blau, Dunkelblau. Und eigentlich können Sie jedes beliebige Land auf der Erde aufzählen – ich habe es bestimmt bereist. Mein Vater hat mir eine sehr breite kulturelle Bildung zuteilwerden lassen. Illeá ist ein großartiges Land, aber eine noch sehr junge Nation. Die nächste Stufe, um unsere Stellung auch global zu festigen, sind Allianzen mit deutlich etablierteren Ländern.« Er schmunzelte in sich hinein. »Manchmal denke ich, mein Vater wünschte, ich wäre ein Mädchen, denn dann könnte er mich verheiraten, um diese Verbindungen zu festigen.«

»Wahrscheinlich ist es zu spät für Ihre Eltern, um es noch einmal zu versuchen, oder?«

Sein Grinsen verschwand. »Ich glaube, das ist schon seit längerer Zeit vorbei.«

Hinter dieser Aussage schien noch mehr zu stecken, aber ich wollte nicht neugierig sein.

»An meiner Tätigkeit mag ich am liebsten die Struktur. Dass ich alles in Ordnung bringen kann. Jemand legt mir ein Problem vor, und ich finde einen Weg, um es zu lösen. Ich mag es nicht, wenn die Dinge ungeklärt sind oder nicht erledigt werden. Obwohl das eigentlich keine wirkliche Schwierigkeit ist. Ich bin der Prinz, und eines Tages werde ich König sein. Mein Wort ist Gesetz.«

Während er sprach, leuchteten seine Augen vor Begeisterung. Es war das erste Mal, dass ich ihn so leidenschaftlich erlebte. Und ich verstand ihn sogar. Obwohl ich selbst nicht nach Macht strebte, war mir der Reiz daran durchaus bewusst.

Er schaute mich weiter unverwandt an, und ich fühlte es warm durch meine Adern strömen. Vielleicht lag es daran, dass wir allein waren oder dass er sich seiner so sicher war, aber plötzlich war ich mir seiner Gegenwart sehr bewusst. Eine seltsame Spannung schien den Raum zu erfüllen. Clarkson zog mit dem Finger Kreise auf dem Tisch, wandte den Blick aber nach wie vor nicht von mir ab.

Ich betrachtete seine Hände. Sie sahen entschlossen, sinnlich und nervös aus ... In Gedanken setzte ich die Liste fort, während ich auf die kleinen Pfade blickte, die er mit dem Finger auf das Tischtuch zeichnete.

Natürlich träumte ich davon, dass er mich küsste, und dabei allein würde es ja nicht bleiben. Bestimmt würde er meine Hände ergreifen, mich um die Taille fassen oder mein Kinn anheben. In diesem Moment verspürte ich den brennenden Wunsch, ihn zu berühren.

Er räusperte sich, drehte den Kopf weg und brach damit den Zauber. »Vielleicht sollte ich Sie jetzt besser zurück in Ihr Zimmer bringen. Es ist schon spät.«

Ich presste die Lippen zusammen und sah zu Boden. Wenn er mich darum gebeten hätte, hätte ich bis zum Sonnenaufgang hier mit ihm gesessen.

Clarkson erhob sich, und ich folgte ihm hinaus auf den Flur. Ich wusste nicht genau, was ich von dieser späten und kurzen Verabredung halten sollte. Wenn ich ehrlich war, war es mir mehr wie ein Interview vorgekommen. Der Gedanke brachte mich zum Schmunzeln, und er sah mich fragend an.

»Was ist so lustig?«

Ich überlegte, ihm zu sagen, es sei nichts. Doch ich wollte, dass er mich besser kennenlernte, und deshalb musste ich irgendwann meine Ängste überwinden.

»Nun ... «, sagte ich zögernd. *Nur so könnt ihr euch wirklich kennenlernen, Amberly. Indem du offen bist.* »Sie haben gesagt, dass Sie mich mögen ... Aber Sie wissen gar nichts von mir. Gehen Sie mit den Mädchen, die Sie mögen, immer so um? Indem Sie sie verhören?«

Er verdrehte die Augen, nicht verärgert, eher so, als hätte ich das schon längst kapieren müssen. »Sie vergessen, dass ich erst seit sehr kurzer Zeit Umgang mit …«

Das Geräusch einer krachend auffliegenden Tür riss uns aus unserer Unterhaltung. Ich erkannte die Königin sofort und setzte zu einem Knicks an, doch Clarkson zog mich zur Seite in einen anderen Gang.

»Lauf jetzt bloß nicht weg!«, dröhnte die Stimme des Königs über den Flur.

»Ich weigere mich, mit dir zu sprechen, wenn du so bist«, erwiderte die Königin mit leicht schleppender Stimme.

Clarkson legte die Arme um mich und schirmte mich noch mehr ab. Doch ich hatte das Gefühl, als hätte er die Umarmung nötiger als ich.

»Deine Ausgaben in diesem Monat sind ungeheuerlich!«, brüllte der König. »So kannst du nicht weitermachen. Genau diese Art von Verhalten treibt das Land in die Arme der Rebellen!«

»O nein, mein lieber Gemahl«, antwortete sie, und ihre Stimme triefte vor gespielter Freundlichkeit. »Es wird dich in die Arme der Rebellen treiben. Und glaub mir – niemand wird dich vermissen, wenn das geschieht.«

»Komm sofort zurück, du hinterhältiges Miststück!«

»Porter, lass mich los!«

»Wenn du glaubst, du könntest mich mit Hilfe einer Handvoll überteuerter Kleider zu Fall bringen, dann hast du dich geirrt.«

Man hörte, wie einer den anderen schlug. Sofort ließ Clarkson mich los. Er packte den nächsten Türgriff, aber die Tür war verschlossen. Er drückte eine weitere Klinke herunter, und die Tür öffnete sich. Clarkson fasste mich am Arm, zog mich grob mit sich ins Zimmer und schloss die Tür hinter uns.

Er lief hin und her und raufte sich die Haare. Schließlich ging er hinüber zu einem Sofa, schnappte sich ein Kissen und riss es in Stücke. Als er damit fertig war, nahm er sich ein weiteres vor. Doch auch damit war es noch nicht genug. Er zerschlug ein Beistelltischchen, warf ein paar Vasen gegen die Ummauerung des Kamins und zerfetzte schließlich auch noch die Vorhänge.

Ich drückte mich neben der Tür an die Wand und versuchte mich unsichtbar zu machen. Vielleicht hätte ich weglaufen oder Hilfe holen sollen. Doch ich konnte ihn nicht allein lassen, nicht in diesem Zustand.

Als Clarkson seiner Wut ausreichend Luft gemacht hatte, fiel ihm plötzlich auf, dass ich noch da war. Er stürmte quer durchs Zimmer, blieb vor mir stehen und zeigte mit dem Finger auf mich. »Wenn Sie jemals einer Menschenseele erzählen, was Sie eben mit angehört haben oder was ich getan habe, dann möge Gott Ihnen …«

Ich schüttelte den Kopf. »Prinz Clarkson …«, fiel ich ihm ins Wort.

Zornestränen glitzerten in seinen Augen. »Kein einziges Wort, haben Sie mich verstanden?«

Ich hob die Hände zu seinem Gesicht, aber er zuckte

zurück. Ich wartete einen Moment und versuchte es dann noch einmal, diesmal bewegte ich mich langsamer. Seine Wangen glühten und waren mit Schweiß bedeckt.

»Es gibt nichts zu erzählen«, schwor ich ihm.

Er atmete hektisch.

»Bitte setzen Sie sich hin«, drängte ich ihn. Er zögerte. »Nur für einen Moment.«

Clarkson nickte.

Ich zog ihn zu einem Stuhl und setzte mich neben ihn auf den Boden. »Nehmen Sie den Kopf zwischen die Knie und atmen Sie ganz langsam.«

Er schaute mich fragend an, gehorchte jedoch. Ich legte ihm die Hand auf den Hinterkopf und ließ meine Finger über seine Haare und seinen Nacken gleiten.

»Ich hasse sie«, flüsterte er. »Ich hasse sie.«

»Schscht. Versuchen Sie, sich zu beruhigen.«

Er blickte auf. »Ich meine es ernst. Ich hasse sie. Wenn ich König bin, werde ich sie fortschicken.«

»Hoffentlich nicht an den gleichen Ort«, murmelte ich.

Clarkson schnappte nach Luft. Und dann lachte er. Es war ein tiefes, echtes Lachen, die Art Lachen, mit dem man nicht mehr aufhören kann, selbst wenn man es will. Er konnte also lachen. Es war nur verschüttet gewesen, verborgen hinter all den Dingen, die er zu fühlen, zu denken und zu bewältigen hatte. Ich verstand ihn jetzt viel besser, und ich würde es nie mehr als selbstverständlich hinnehmen, wenn er mich anlächelte.

»Es ist ein Wunder, dass sie noch nicht alles in Schutt und Asche gelegt haben«, seufzte er und schien sich endlich beruhigt zu haben.

»Ist es schon immer so gewesen?«, wagte ich zu fragen.

Er nickte. »Nun ja, als ich klein war, war es noch nicht so schlimm. Aber jetzt können sie sich nicht mehr ausstehen. Ich habe nie herausgefunden, weshalb es so gekommen ist. Sie sind sich treu. Oder falls sie es nicht sind, dann vertuschen sie ihre Affären gut. Sie haben alles, was man sich nur wünschen kann, und meine Großmutter hat mir erzählt, sie hätten sich früher sehr geliebt. Ich verstehe es einfach nicht.«

»Eine solche Position innezuhaben ist schwer. Für Ihre Eltern. Und auch für Sie, Eure Hoheit. Vielleicht hat es sie einfach erschöpft.«

»Dann ist das also der natürliche Lauf der Dinge? Ich werde wie er, meine künftige Frau wie sie, und letztendlich wird uns alles um die Ohren fliegen?«

Ich streckte die Hand aus und legte sie wieder an seine Wange. Diesmal zuckte er nicht zurück, sondern schmiegte sein Gesicht in meine Handfläche. Obwohl sein Blick immer noch voller Kummer war, schien die Berührung ihn zu trösten.

»Nein. Sie müssen nicht so werden, wenn Sie es nicht wollen. Sie mögen Ordnung und Struktur? Dann planen Sie, und sorgen Sie vor. Stellen Sie sich den König, Ehemann und Vater vor, der Sie sein wollen, und tun

Sie alles, was in Ihrer Macht steht, um dieses Ziel zu erreichen.«

Fast mitleidig schaute er mich an. »Es ist liebenswert, dass Sie glauben, damit wäre es getan.«

5

Ich war noch nie von einem Arzt untersucht worden. Wenn ich Prinzessin werden würde, wäre das wohl Teil meines Lebens, und davor graute mir.

Dr. Mission war freundlich und geduldig, aber es war mir trotzdem unangenehm, mich einem Fremden nackt zu zeigen. Er nahm mir Blut ab, machte zahlreiche Röntgenaufnahmen und tastete auf der Suche nach etwas Fehlerhaftem überall an mir herum.

Als ich ging, war ich erschöpft. Natürlich hatte ich auch nicht besonders gut geschlafen. Prinz Clarkson hatte sich an meiner Zimmertür mit einem Handkuss verabschiedet, und zwischen der Freude über diese Berührung und der Sorge, wie es um seine Gefühle stand, hatte ich ewig gebraucht, um einzuschlafen.

Ich betrat den Damensalon, ein wenig nervös, Königin Abby gegenüberzutreten. Ob eine Spur von dem Schlag zu sehen war? Natürlich konnte auch sie den König geschlagen haben. Ich wollte es lieber gar nicht genauer wissen. Und ganz sicher wollte ich auch nicht, dass es jemand anders erfuhr.

Die Königin war nicht da. Erleichtert setzte ich mich zu Madeline und Bianca.

»Hallo, Amberly. Wo warst du heute Morgen?«, fragte Bianca.

»Schon wieder krank?«, setzte Madeline nach.

»Ja, aber jetzt geht es mir schon viel besser.« Ich wusste nicht, ob das mit der ärztlichen Untersuchung geheim bleiben sollte oder nicht. Doch im Moment war Diskretion bestimmt das Beste.

»Das ist gut, denn du hast eine Menge verpasst!« Madeline beugte sich vor und flüsterte: »Es gibt Gerüchte, dass Tia vergangene Nacht mit Clarkson geschlafen hat.«

Mir wurde das Herz schwer. »Wie bitte?«

»Schau sie dir an.« Bianca warf einen Blick über dic Schulter, wo Tia zusammen mit Pesha und Marcy am Fenster saß. »Guck doch mal, wie selbstgefällig sie aussieht.«

»Aber das verstößt gegen die Regeln«, wandte ich ein. »Es verstößt gegen das *Gesetz*.«

»Das spielt wohl kaum eine Rolle«, flüsterte Bianca. »Würdest *du* ihn etwa abweisen?«

Ich dachte daran, wie Clarkson mich vergangene Nacht angeschaut hat, wie seine Finger über das Tischtuch geglitten waren. Bianca hatte recht. Ich hätte nicht nein gesagt.

»Aber stimmt es auch wirklich? Oder ist es nur ein Gerücht?« Schließlich war er einen Teil des Abends mit mir zusammen gewesen. Aber nicht die ganze Nacht. Nachdem er mich verlassen hatte, waren noch viele Stunden vergangen, bis er beim Frühstück erscheinen musste.

»Sie tut sehr geheimnisvoll«, raunte Madeline.

»Nun, es geht uns auch wirklich nichts an.« Ich hob die Spielkarten auf, die wahllos auf dem Tisch verstreut lagen, und fing an zu mischen.

Bianca warf den Kopf zurück und seufzte laut. Madeline legte ihre Hand auf meine. »Natürlich geht es uns etwas an. Das verändert das ganze Spiel.«

»Das ist kein Spiel«, entgegnete ich. »Nicht für mich.«

Madeline wollte gerade etwas erwidern, als die Tür aufflog und Königin Abby im Türrahmen stand. Sie sah wütend aus.

Falls sie irgendwo einen blauen Fleck hatte, dann hatte sie ihn gut überschminkt.

»Welche von Ihnen ist Tia?«, wollte sie wissen. Alle im Zimmer blickten zum Fenster, wo Tia reglos und weiß wie ein Leintuch saß. »Nun?«

Langsam hob Tia die Hand, und die Königin marschierte mit tödlichem Blick auf sie zu. Egal was die Königin ihr jetzt vorwerfen würde, ich hoffte, sie würde Tia dazu hinaus auf den Flur bitten. Doch bedauerlicherweise schien das nicht ihr Plan zu sein.

»Haben Sie mit meinem Sohn geschlafen?«, fragte Königin Abby und pfiff damit auf jegliche Diskretion.

»Eure Majestät, das ist doch nur ein Gerücht.« Tias Stimme war kaum mehr als ein Piepsen, aber im Zimmer war es so still geworden, dass ich neben mir sogar Madeline atmen hörte.

»Gegen das Sie nichts unternommen haben!«

Stotternd setzte Tia ungefähr fünfmal an, bis sie endlich die Worte herausbrachte: »Wenn man Gerüchte unkommentiert lässt, dann verflüchtigen sie sich meist wieder. Aber wenn man etwas vehement abstreitet, dann wirkt das wie ein Schuldgeständnis.«

»Und: Streiten Sie es ab oder nicht?«

Jetzt saß sie in der Falle.

»Ich habe es nicht getan, Eure Majestät.«

Ob Tia nun die Wahrheit sagte oder log, spielte wohl keine Rolle mehr. Ihr Schicksal war bereits besiegelt.

Königin Abby packte Tia an den Haaren und zerrte sie Richtung Tür. »Sie werden augenblicklich abreisen.«

Tia schrie auf vor Schmerz. »Aber das kann nur Prinz Clarkson entscheiden, Eure Majestät. So sind die Regeln«, protestierte sie.

»Und die Regeln sagen auch, dass man sich nicht wie eine Hure aufführen soll!«, schoss die Königin zurück.

Tia verlor das Gleichgewicht und rutschte aus, so dass die Königin sie jetzt allein an den Haaren festhielt. Tia stolperte, um wieder auf die Beine zu kommen, doch

Königin Abby schubste sie hinaus auf den Flur, wo Tia zu Boden stürzte. »RAUS HIER!«

Dann warf die Königin die Tür zu und drehte sich abrupt zu uns um. Sie schaute uns nacheinander ins Gesicht, um uns deutlich zu machen, wer hier das Sagen hatte.

»Eine Sache möchte ich jetzt klarstellen«, sagte sie leise und ging langsam an den Stühlen und Sofas vorbei, auf denen wir saßen. »Wenn eine von euch dummen Dingern meint, sie könnte in mein Haus kommen und meine Krone an sich reißen, dann sollte sie sich das noch einmal gut überlegen.«

Sie blieb vor ein paar Mädchen stehen, die nahe der Wand saßen. »Und wenn Sie glauben, Sie könnten sich wie eine Schlampe benehmen und trotzdem auf dem Thron landen, dann werden Sie sich noch umgucken.« Sie bohrte ihren Finger in Pipers Wange. »Denn das werde ich nicht dulden!« Die Königin ließ endlich von der armen Piper ab und schritt weiter.

»Ich bin die Königin. Und ich werde sehr verehrt. Wenn Sie meinen Sohn heiraten und in meinem Haus leben wollen, dann werden Sie sich genau so verhalten müssen, wie ich es verlange. Gehorsam. Kultiviert. Und still.«

Sie schlängelte sich an den Tischen vorbei und blieb dann vor Bianca, Madeline und mir stehen. »Von jetzt an haben Sie nichts weiter zu tun, als hier zu erscheinen, sich wie eine Dame zu verhalten, brav dazusitzen und zu lächeln.«

Nach dieser Ansprache fiel ihr Blick auf mich, und törichterweise dachte ich, dies sei ein Befehl. Also lächelte ich, was der Königin ganz und gar nicht gefiel. Sie holte aus und wischte mir das Lächeln mit einem Schlag aus dem Gesicht.

Ich schwankte leicht, gab aber keinen Laut von mir.

»Innerhalb von zehn Minuten sind Sie alle verschwunden. Die restlichen Mahlzeiten nehmen Sie heute auf Ihren Zimmern zu sich. Ich will nicht den leisesten Pieps von einer von Ihnen hören.«

Und damit rauschte Königin Abby aus dem Zimmer.

»Geht es dir gut?«, fragte Madeline und setzte sich vor mich.

»Mein Gesicht fühlt sich an, als wäre die Haut aufgeplatzt.« Das Pochen in meiner Wange strahlte in meinen ganzen Körper aus.

»Ach du meine Güte!«, rief Bianca. »Man sieht sogar ihren Handabdruck.«

»Piper?«, sagte ich. »Wo ist Piper?«

»Ich bin hier«, sagte sie mit tränenerstickter Stimme. Ich stand auf, und sie kam auf mich zu.

»Ist alles in Ordnung mit deinem Gesicht?«, fragte ich.

»Es tut noch ein bisschen weh.« Sie fuhr mit der Hand über die Stelle, wo die Königin sie gestoßen hatte, und ich sah den halbmondförmigen Abdruck ihres Fingernagels.

Piper warf sich in meine Arme, und wir hielten einander fest.

»Was ist bloß in sie gefahren?«, fragte Nova und sprach damit aus, was wir alle dachten.

»Vielleicht hat sie einen großen Beschützerdrang, was ihre Familie betrifft«, versuchte Skye zu erklären.

Cordaye schnaubte. »Es ist doch nicht so, als wüssten wir nicht, wie viel sie trinkt. Eben konnte ich den Alkohol sogar an ihr riechen.«

»Im Fernsehen wirkt sie immer so nett.« Kelsa hatte die Arme um sich geschlungen, der Auftritt der Königin hatte sie sichtlich durcheinandergebracht.

»Hört zu«, sagte ich, »eine von uns wird am eigenen Leib erfahren, wie es sich anfühlt, Königin zu sein und ständig unter diesem enormen Druck zu stehen.« Ich schwieg einen Moment und rieb mir die brennende Wange. »Im Moment halte ich es für das Beste, wenn wir alle die Königin so gut es geht meiden. Und wir sollten diesen Vorfall Clarkson gegenüber nicht erwähnen. Ich glaube, es ist für keine von uns ratsam, schlecht über seine Mutter zu sprechen, egal, was sie getan hat.«

»Wir sollen also so tun, als wäre nichts gewesen?«, fragte Neema empört.

Ich zuckte mit den Schultern. »Ich kann dich nicht dazu zwingen. Doch das ist es, was ich tun werde.«

Wieder zog ich Piper an mich, und wir alle standen stumm da. Ich hatte mir erhofft, über einen ähnlichen Musikgeschmack oder gemeinsame Schminkaktionen Verbindungen zu den anderen Mädchen zu knüpfen.

Doch nicht einmal in meinen kühnsten Träumen hätte ich mir vorstellen können, dass eine gemeinsame Angst uns zusammenschweißen würde.

6

Ich beschloss, ihn niemals danach zu fragen. Wenn Prinz Clarkson mit Tia geschlafen hatte, wollte ich das nicht wissen. Und wenn er es nicht getan hatte, dann würde meine Frage das Vertrauen zwischen uns zerstören, bevor es überhaupt richtig aufgebaut war. Sehr wahrscheinlich war das Ganze wirklich nur ein Gerücht, das Tia selbst gestreut hatte, um den Rest von uns einzuschüchtern. Es war am besten, die ganze Angelegenheit zu ignorieren.

Was ich nicht ignorieren konnte, war der pochende Schmerz in meinem Gesicht. Noch Stunden nachdem die Königin mich geschlagen hatte, war meine Wange rot und tat weh.

»Zeit für frisches Eis«, sagt Emon und reichte mir einen neuen Eisbeutel.

»Danke.« Ich gab ihr den alten.

Als ich zurück auf mein Zimmer gegangen und meine Zofen um etwas Schmerzlinderndes gebeten hatte, hatten sie gefragt, welches der Mädchen mich geschlagen hätte, und angeboten, sofort zum Prinzen zu gehen. Ich versicherte ihnen mehrmals, dass es keins der Mädchen gewesen sei. Und eine Dienerin würde so etwas niemals wagen. Meine Zofen wussten, dass ich den ganzen Morgen über ausschließlich im Damensalon gewesen war, es blieb also nur eine Möglichkeit.

Danach fragten sie nicht weiter. Sie wussten Bescheid.

»Als ich Eis geholt habe, hörte ich, dass die Königin sich nächste Woche auf eine kurze Reise begibt«, sagte Martha, die auf dem Boden neben meinem Bett hockte. Ich saß mit dem Gesicht zum Fenster und hatte zu gleichen Teilen die Mauer um den Palast und den Himmel im Blick.

»Ach ja?«

Sie lächelte. »Wie es scheint, haben die vielen Besucher ihre Nerven angegriffen, und der König hat sie gebeten, sich ein wenig Zeit für sich zu nehmen.«

Ich verdrehte die Augen. Erst machte er ihr wegen zu teurer Kleider eine Szene, dann schickte er sie in die Ferien. Aber es lag mir fern, mich zu beschweren. Jetzt gerade war die Aussicht auf eine Woche ohne Königin Abby absolut himmlisch.

»Tut es immer noch weh?«, fragte Martha.

Ich nickte.

»Keine Angst, Miss. Heute Abend wird es bestimmt vorüber sein.«

Ich hätte ihr gern gesagt, dass der körperliche Schmerz nicht das eigentliche Problem darstellte. Meine

Sorge bestand darin, dass dieser Schlag ein weiteres Zeichen war, dass ein Leben als Prinzessin im besten Fall eine Herausforderung sein würde. Im schlimmsten Fall würde es der blanke Horror sein.

Im Geiste ging ich durch, was ich wusste. Der König und die Königin hatten sich irgendwann einmal geliebt, aber nun mussten sie sich alle Mühe geben, ihren Hass im Zaum zu halten. Die Königin war eine Trinkerin und auf den Besitz der Krone fixiert. Der König befand sich zumindest am Rand eines Zusammenbruchs. Und Clarkson …

Clarkson tat sein Bestes, um gleichgültig, gelassen und kontrolliert zu wirken. Doch hinter dieser Fassade sah es ganz anders aus.

Es war nicht so, als ob Leid mir völlig fremd wäre. Ich hatte bis zur völligen Erschöpfung gearbeitet. Ich hatte brütende Hitze erduldet. Und obwohl das Dasein als Vier eigentlich ein gewisses Maß an Stabilität bieten sollte, hatte ich nah an der Armutsgrenze gelebt.

Das Leben im Palast würde eine ganz neue Art von Belastung bedeuten. Natürlich nur, wenn Prinz Clarkson sich für mich entschied. Aber wenn er mich erwählte, dann bedeutete das, dass er mich liebte, oder? Und dafür würde ich doch alles andere in Kauf nehmen?

»Worüber denken Sie nach, Miss?«, fragte Martha.

Ich lächelte und griff nach ihrer Hand. »Über die Zukunft. Was vermutlich sinnlos ist. Denn es kommt, wie es kommt.«

»Sie sind so nett, Miss. Er wäre ein Glückspilz, wenn er Sie bekäme.«

»Und ich wäre glücklich, wenn ich ihn bekäme.«

Es stimmte. Er war alles, was ich mir je erträumt hatte. Nur die ganzen Umstände, die mit seiner Person verknüpft waren, machten mir Angst.

Danica schlüpfte in ein weiteres Paar von Biancas Schuhen. »Die passen perfekt! Okay, dann nehme ich diese, und du nimmst meine blauen.«

»Abgemacht.« Bianca schüttelte Danicas Hand und grinste von einem Ohr zum andern.

Keiner hatte uns befohlen, für den Rest der Woche dem Damensalon fernzubleiben, doch alle Mädchen beschlossen, genau das zu tun. Stattdessen trafen wir uns in kleinen Grüppchen, wanderten von Zimmer zu Zimmer, probierten die Kleider der anderen an und unterhielten uns, wie wir es immer taten.

Außer dass es jetzt anders war. Ohne die Königin verwandelten sich die Mädchen in ... Mädchen eben. Alle schienen ein wenig lockerer zu sein. Anstatt sich wegen des Protokolls oder eines tadellos damenhaften Auftritts zu sorgen, waren wir nun die Mädchen, die wir gewesen waren, bevor unsere Namen für das Casting ausgelost wurden.

»Danica, ich glaube, wir haben fast dieselbe Größe. Ich wette, ich habe ein paar Kleider, die sehr gut zu diesen Schuhen passen würden«, bot ich ihr an.

»Da nehme ich dich beim Wort. Du hast drei gute Zofen abbekommen. Genau wie Cordaye. Hast du die Kleider gesehen, die ihre Zofen für sie nähen?«

Ich seufzte. Ich hatte keine Ahnung, wie sie es machten, aber Cordayes Zofen brachten den Stoff auf eine Art und Weise zum Fließen, wie ich es noch an keinem anderen Mädchen gesehen hatte. Novas Kleider waren ebenfalls eine Klasse besser als die aller anderen. Ich fragte mich, ob diejenige, die das Casting gewann, sich ihre Zofen aussuchen konnte. Ich verließ mich so sehr auf Martha, Cindly und Emon, dass ich mir nicht vorstellen konnte, ohne sie im Palast zu leben.

»Wisst ihr, was ich seltsam finde?«, fragte ich.

»Was denn?« Madeline kramte in Biancas Schmuckkästchen herum.

»Irgendwann wird es nicht mehr so sein. Irgendwann ist eine von uns hier ganz alleine.«

Danica setzte sich neben mich an Biancas Tisch. »Ich weiß. Meinst du, das ist ein Grund, warum die Königin so zornig ist? Vielleicht ist sie zu viel allein.«

Madeline schüttelte den Kopf. »Ich glaube, das hat sie sich selbst so ausgesucht. Sie könnte sich jeden beliebigen Menschen als Gast einladen, wenn sie wollte. Sie könnte einen kompletten Haushalt in den Palast umsiedeln, wenn ihr der Sinn danach stünde.«

»Nicht, wenn der König etwas dagegen hat«, gab Danica zu bedenken.

»Stimmt.« Madeline wandte sich wieder dem

Schmuckkästchen zu. »Ich werde nicht schlau aus dem König. Er scheint allem so gleichgültig gegenüberzustehen. Glaubt ihr, dass Clarkson genauso werden wird?«

»Nein«, erwiderte ich und lächelte in mich hinein. »Clarkson hat seinen eigenen Kopf.«

Keine der anderen sagte etwas dazu, und als ich aufblickte, sah ich Danicas verschmitztes Grinsen.

»Was ist?«

»Du Ärmste«, sagte sie, so als ob ich ihr leidtäte.

»Was meinst du?«

»Du bist in ihn verliebt. Du könntest morgen herausfinden, dass er zum Spaß Hundewelpen quält, und würdest ihn trotzdem immer noch durch eine rosarote Brille sehen.«

Ich setzte mich ein wenig aufrechter hin. »Er wird mich vielleicht heiraten. Sollte ich ihn da nicht auch lieben?«

Madeline kicherte.

»Ja, schon, aber es ist die Art, wie du dich verhältst«, machte Danica weiter, »als ob du schon seit Ewigkeiten in ihn verliebt wärst.«

Ich wurde rot und versuchte nicht daran zu denken, wie ich Geld aus dem Portemonnaie meiner Mutter gestohlen hatte, um eine Briefmarke mit seinem Bild darauf zu kaufen. Sie klebte noch immer auf einem Stück rauen Papiers, das ich als Lesezeichen benutzte.

»Ich respektiere ihn«, verteidigte ich mich. »Er ist der Prinz.«

»Es ist mehr als das. Wenn jemand eine Kugel auf ihn abfeuern würde, würdest du dich vor ihn stellen.«

Ich gab keine Antwort.

»Du würdest es wirklich tun! O mein Gott!«

Ich erhob mich. »Ich hole ein paar von den Kleidern, die ich meine. Bin gleich wieder zurück.«

Ich gab mir Mühe, mich vor den Gedanken in meinem Kopf nicht zu fürchten. Denn wenn ich mich zwischen seinem und meinem Leben entscheiden müsste, könnte ich wahrscheinlich gar nicht anders, als ihn an erster Stelle zu setzen. Er war der Prinz, und sein Leben war für unser Land von unschätzbarem Wert. Und das war es auch für mich.

7

Wie immer dauerte es eine Weile, bis sich meine Augen an das grelle Scheinwerferlicht gewöhnt hatten. Dazu kam noch das Gewicht des juwelenbesetzten Kleids, auf das meine Zofen für meinen Auftritt im *Bericht* bestanden hatten, was die Stunde im Studio noch unangenehmer machte.

Der neue Hofberichterstatter interviewte uns Mädchen. Wir waren immer noch zu viele, als das wir alle zu Wort kommen würden, und ich hoffte darauf, in der Menge nicht aufzufallen.

Der frühere Hofberichterstatter Barton Allory hatte sich nach dem Abend, an dem die Namen der Kandidatinnen für das Casting verkündet worden waren, in den Ruhestand verabschiedet. Seinen letzten Auftritt hatte er gemeinsam mit seinem sorgfältig ausgewählten Nachfolger absolviert. Gavril war zweiundzwanzig Jahre alt, stammte aus einer sehr respektablen Familie von Zweiern und war eine schillernde Persönlichkeit. Es war leicht, ihn zu mögen. »Lady Piper, was sollte Ihrer

Meinung nach die Hauptaufgabe der Prinzessin sein?«, fragte Gavril, und das helle Aufblitzen seiner Zähne brachte Madeline dazu, mich anzustupsen.

Piper schenkte ihm ein gewinnendes Lächeln und holte tief Luft. Dann noch einmal. Und dann wurde das Schweigen langsam peinlich.

Erst da wurde mir klar, dass diese Frage uns allen Angst machen sollte. Ich richtete den Blick auf die Königin, die unmittelbar nach dem Abschalten der Kameras zum Flughafen aufbrechen würde. Ich schaute auf den Monitor, es tat weh, die Angst in Pipers Gesicht zu sehen.

»Piper?«, flüsterte Pesha neben ihr.

Schließlich schüttelte Piper den Kopf.

Man sah Gavril an, dass er nach einem Weg suchte, die Situation zu retten, *sie* zu retten. Barton hätte bestimmt gewusst, was zu tun war. Doch Gavril war einfach noch zu unerfahren.

Ich hob die Hand, und Gavril blickte dankbar zu mir hoch.

»Wir haben neulich sehr lange darüber diskutiert. Ich nehme an, Piper weiß einfach nicht, wo sie anfangen soll.« Ich lachte, und einige der anderen Mädchen fielen in mein Lachen ein. »Wir sind uns alle einig, dass wir als Allererstes dem Prinzen verpflichtet sind. Ihm zu dienen heißt Illeá zu dienen. Und auch wenn das wie eine seltsame Beschreibung klingt: Nur wenn wir unseren Teil erfüllen, kann sich der Prinz erfolgreich seinen Aufgaben widmen.«

»Das haben Sie schön gesagt, Lady Amberly.« Gavril lächelte und stellte eine weitere Frage.

Ich vermied es, die Königin anzusehen. Stattdessen konzentrierte ich mich darauf, aufrecht sitzen zu bleiben, als stechende Kopfschmerzen einsetzen. War die Ursache vielleicht Stress? Doch warum bekam ich sie dann manchmal ohne jeden ersichtlichen Grund?

Ein Blick auf die Monitore verriet mir, dass die Kameras nicht auf mich und auch nicht auf meine Sitzreihe gerichtet waren, also erlaubte ich mir, vorsichtig meine Stirn zu berühren. Dabei fiel mir auf, dass meine Hände weicher geworden waren. Am liebsten hätte ich den Kopf ganz auf dem Arm abgestützt, aber das war unmöglich. Selbst wenn man mir dieses ungehobelte Benehmen verzeihen sollte, erlaubte mir mein Kleid überhaupt nicht, mich so weit vorzubeugen.

Ich riss mich zusammen und achtete allein auf meinen Atem. Der stete Schmerz wurde stärker, aber ich zwang mich dazu, still sitzen zu bleiben. Ich hatte mich schon unter viel schlimmeren Bedingungen krank gefühlt und es durchgestanden. *Das hier ist gar nichts,* sagte ich mir. *Ich muss einfach nur hier sitzen.*

Die Fragen schienen kein Ende zu nehmen, obwohl ich nicht glaubte, dass Gavril mit allen Mädchen gesprochen hatte. Endlich wurden die Kameras nicht länger herumgeschwenkt. Erst da wurde mir klar, dass ich leider noch nicht entlassen war. Bevor ich auf mein Zimmer gehen konnte, wartete noch das Abendessen auf mich, und das dauerte gewöhnlich über eine Stunde.

»Geht es dir gut?«, fragte Madeline.

Ich nickte. »Ich bin nur müde.«

Wir hörten Gelächter und sahen, dass Prinz Clarkson mit ein paar der Mädchen aus der ersten Reihe sprach.

»Mir gefällt seine Frisur«, bemerkte Madeline.

Der Prinz schlängelte sich durch die Menge, seine Augen waren auf mich gerichtet. Er kam näher, und ich machte einen kleinen Knicks. Als ich mich wieder erhob, spürte ich, wie sich sein Arm um mich legte, uns miteinander verband und unsere Gesichter vor den andern abschirmte.

»Geht es Ihnen nicht gut?«

Ich seufzte. »Ich bemühe mich, es zu verbergen. Mein Kopf tut weh. Ich muss mich einfach nur hinlegen.«

»Nehmen Sie meinen Arm.« Er hielt mir den angewinkelten Ellbogen hin, und ich legte meine Hand auf seinen Unterarm. »Lächeln«, befahl er.

Ich zog die Mundwinkel nach oben. Meine Beschwerden waren in seiner Gegenwart leichter zu ertragen.

»Sehr großzügig von Ihnen, mich mit Ihrer Gesellschaft zu beehren«, sagte er gerade so laut, dass die Mädchen in unserer Umgebung es hören konnten. »Ich versuche mich gerade daran zu erinnern, welches Dessert Sie am liebsten mögen.«

Ich gab keine Antwort, schaute aber weiterhin fröhlich drein, und wir verließen das Studio. Sobald wir zur

Tür hinaus waren, erlosch mein Lächeln, und als wir am Ende des Flures angekommen waren, hob Clarkson mich hoch und trug mich.

»Ich bringe Sie jetzt zu Dr. Mission.«

Ich biss die Zähne zusammen. Wieder einmal wurde mir übel, und kalter Schweiß bedeckte meinen Körper. Dennoch fühlte ich mich in seinen Armen wohler als in dem Studiosessel oder in meinem Bett. Auch wenn es ein ziemliches Geschaukel war – dass ich meinen Kopf an seine Schulter schmiegen konnte, war schön.

Im Krankenflügel tat diesmal eine andere Schwester Dienst, aber sie war ebenso freundlich und half Clarkson, mich auf ein Bett zu legen. Dann stopfte sie mir ein Kissen unter die Beine.

»Der Doktor schläft«, sagte sie. »Er war die gesamte vergangene Nacht und fast den ganzen Tag auf den Beinen, weil zwei Dienerinnen Kinder bekommen haben. Zwei Jungs hintereinander! Mit nur fünfzehn Minuten Abstand.«

Ich lächelte angesichts dieser schönen Neuigkeiten. »Es ist nicht nötig, ihn zu stören«, sagte ich zu ihr. »Es sind nur Kopfschmerzen, und die werden vorübergehen.«

»Unsinn«, widersprach Clarkson. »Rufen Sie eine Dienerin, die uns das Abendessen hierherbringt. Wir warten auf Dr. Mission.«

Die Krankenschwester nickte und ging davon.

»Das hätten Sie nicht tun müssen«, flüsterte ich. »Er

hatte eine harte Nacht, und mir wird es bald wieder bessergehen.«

»Es wäre nachlässig von mir, wenn ich nicht dafür sorgen würde, dass man sich vernünftig um Sie kümmert.«

Ich versuchte aus seinen Worten eine gewisse Romantik herauszuhören, aber es klang eher so, als ob er sich verpflichtet fühlte. Andererseits: Wenn er gewollt hätte, hätte er auch mit den anderen Mädchen essen können. Doch er hatte beschlossen, bei mir zu bleiben.

Ich stocherte in meinem Abendessen herum, ich wollte nicht unhöflich sein, doch wegen meiner Kopfschmerzen war mir noch immer übel. Die Krankenschwester brachte mir ein Medikament, und als Dr. Mission auftauchte, die Haare noch nass vom Duschen, ging es mir schon viel besser. Das Pochen in meinem Kopf war jetzt eher ein zartes Pulsieren als eine laut dröhnende Glocke.

»Bitte entschuldigen Sie die Verzögerung, Eure Hoheit«, sagte der Arzt mit einer Verbeugung.

»Kein Problem«, entgegnete Prinz Clarkson. »Wir haben in Ihrer Abwesenheit ein wundervolles Essen genossen.«

»Was machen die Kopfschmerzen, Miss?« Dr. Mission griff nach meinem Handgelenk und überprüfte meinen Puls.

»Sie sind schon fast weg. Die Krankenschwester hat mir Tabletten gegeben, und die haben mir sehr geholfen.«

Er zog eine kleine Lampe hervor und leuchtete mir damit in die Augen. »Vielleicht sollten Sie täglich Medikamente einnehmen. Momentan unternehmen Sie erst etwas gegen Ihre Beschwerden, wenn sie bereits eingesetzt haben. Vielleicht gelingt es uns, sie gar nicht erst entstehen zu lassen. Mit Gewissheit kann ich es nicht sagen, aber ich schaue mal, was ich Ihnen geben könnte.«

»Danke.« Ich faltete die Hände im Schoß. »Wie geht es den Neugeborenen?«

Der Arzt strahlte. »Alles bestens. Sie sind propper und gesund.«

Ich lächelte und dachte an die beiden kleinen Wesen, die heute im Palast das Licht der Welt erblickt hatten. Würden sie vielleicht beste Freunde werden? Und beim Heranwachsen jedem die Geschichte erzählen, wie sie kurz nacheinander geboren worden waren?

»Wo wir gerade von Babys sprechen, ich würde gern mit Ihnen über die Resultate Ihrer Untersuchung reden.«

Das Lächeln wich aus meinem Gesicht, und ich setzte mich aufrecht hin. Am Gesichtsausdruck des Arztes erkannte ich, dass mich nichts Gutes erwartete.

»Die Tests haben ergeben, dass Sie verschiedene Giftstoffe im Blut haben. Wenn diese noch Wochen, nachdem Sie Ihre Heimatprovinz verlassen haben, so deutlich nachweisbar sind, liegt die Vermutung nahe, dass die Werte wesentlich höher waren, als Sie dort gelebt haben. Für einige Menschen stellt das überhaupt kein Problem dar. Der Körper reagiert darauf, gewöhnt sich daran, und kommt ohne Begleiterscheinungen damit klar. Nachdem, was Sie mir über Ihre Familie berichtet haben, würde ich sagen, dass dies bei zwei von Ihren Geschwistern der Fall ist. Doch eine Ihrer Schwestern hat häufiger Nasenbluten, oder?«

Ich nickte.

»Und Sie haben ständig Kopfschmerzen?«

Wieder nickte ich.

»Ich nehme an, dass Ihr Körper nicht so gut mit diesen Giftstoffen fertig wird. Wenn ich die Untersuchungsergebnisse und die Informationen, die ich von Ihnen bekommen habe, zugrunde lege, dann vermute ich stark, dass die Phasen von Müdigkeit, Übelkeit und Kopfschmerz anhalten werden – wahrscheinlich für den Rest Ihres Lebens.«

Ich seufzte. Nun, wenigstens würde es vorläufig nicht schlimmer werden, als es jetzt schon war.

»Zudem mache ich mir Sorgen, was Ihre Fähigkeit angeht, gesunde Kinder auf die Welt zu bringen.«

Mit aufgerissenen Augen starrte ich ihn an. Aus dem Augenwinkel sah ich, wie Clarkson sich auf seinem Stuhl bewegte.

»Aber ... Aber wieso denn? Meine Mutter hat vier Kinder bekommen. Sie und mein Vater stammen beide aus kinderreichen Familien. Ich bin nur manchmal müde, das ist alles.«

Dr. Mission blieb völlig emotionslos, obwohl er gerade über einen der wichtigsten Bereiche meines Lebens sprach. »Ja, die genetische Disposition ist günstig, doch basierend auf den Untersuchungen ist davon auszugehen, dass Ihr Körper einem Fötus ... keinen günstigen Lebensraum bieten kann. Und wenn Sie ein Kind empfangen würden« – er machte eine Pause und seine Augen streiften kurz den Prinzen, bevor er wieder zu mir schaute –, »könnte es möglicherweise gewissen Aufgaben nicht gewachsen sein.«

Gewissen Aufgaben. Also nicht schlau genug, nicht gesund genug oder gut genug, um ein Prinz zu sein.

Mir drehte sich der Magen um.

»Sind Sie sicher?«, fragte ich kraftlos.

Clarkson blickte den Arzt an und wartete auf dessen Bestätigung. Diese Information war auch für ihn von Bedeutung.

»Das wäre noch der günstigste Fall. Wenn Sie überhaupt ein Kind empfangen können.«

»Bitte entschuldigen Sie mich.« Ich sprang vom Bett, rannte zur Toilette nahe des Eingangs zum Krankenflügel, stürzte in die Kabine und erbrach alles, was sich in meinem Magen befand.

8

Eine Woche verstrich. Clarkson sah mich nicht einmal mehr an. Ich war untröstlich. Ich war so dumm gewesen zu glauben, es wäre tatsächlich möglich. Nachdem wir die peinlichen Begleitumstände unseres ersten Gesprächs hinter uns gelassen hatten, war es mir vorgekommen, als hätte er keine Mühen gescheut, um mich zu sehen und sich um mich zu kümmern.

Das war eindeutig vorbei.

Ich war mir sicher, dass Clarkson mich sehr bald nach Hause schicken würde. Irgendwann danach würde mein gebrochenes Herz wieder heilen. Wenn ich Glück hätte, würde ich jemand Neues kennenlernen, aber was sollte ich ihm sagen? Keinen geeigneten Thronerben gebären zu können war etwas Theoretisches, eine weit entfernte Möglichkeit. Aber überhaupt keine Kinder zu bekommen? Das konnte ich kaum ertragen.

Ich aß nur noch dann, wenn ich den Eindruck hatte, das man mich beobachtete. Ich schlief nur noch, wenn die Erschöpfung mich übermannte. Mein Körper sorgte nicht für mich, warum sollte ich also für ihn sorgen?

Die Königin kehrte von ihrer Reise zurück, der wöchentliche *Bericht* wurde fortgesetzt, die endlosen Tage, an denen wir wie Puppen herumsaßen, reihten sich aneinander. Mir war alles egal.

Ich war im Damensalon und saß am Fenster. Die Sonne erinnerte mich an Honduragua, obwohl das Klima hier trockener war. Ich betete und flehte Gott an, dass Clarkson mich nach Hause schicken möge. Ich schämte mich zu sehr, um meiner Familie die schlechten Nachrichten in einem Brief mitzuteilen, und ständig mit den anderen Mädchen und ihren Aufstiegs-Sehnsüchten konfrontiert zu sein, machte es noch schlimmer. Ich konnte nicht länger auf so etwas hoffen. Wenigstens würde ich zu Hause nicht mehr darüber nachdenken müssen.

Madeline tauchte hinter mir auf und strich mir über den Rücken. »Alles in Ordnung mit dir?«

Ich brachte ein schwaches Lächeln zustande. »Ich bin nur müde. Wie gewöhnlich.«

»Bist du sicher?« Sie setzte sich. »Du wirkst so ... anders.«

»Was hast du für Ziele im Leben, Madeline?«

»Was meinst du damit?«

»Ich meine es genau so, wie ich es gefragt habe. Wovon träumst du? Wenn du alles im Leben bekommen könntest, worum würdest du dann bitten?«

Sie lächelte sehnsüchtig. »Natürlich dass ich die Prinzessin werde. Mit einem Haufen Bewunderer, Partys an jedem Wochenende und Clarkson an meiner Seite. Wünschst du dir das denn nicht auch?«

»Das ist ein schöner Traum. Und was wäre, wenn man dich fragen würde, was das *mindeste* wäre, was du vom Leben erwartest? Worum würdest du dann bitten?«

»Das mindeste? Warum sollte sich jemand mit dem mindesten zufriedengeben?« Sie grinste. Sie fand es lustig, weil sie gar nicht verstand, worum es ging.

»Aber sollte es nicht ein Minimum geben? Sollte es nicht ein Mindestmaß dessen geben, was das Leben für einen Menschen bereithalten sollte? Ist es zu viel verlangt, um einen Job zu bitten, den man nicht verabscheut? Oder um einen Mann, mit dem man sich wahrhaftig verbunden fühlt? Ist es zu viel verlangt, ein Kind zu wollen? Selbst wenn es nicht ganz gesund ist? Steht mir nicht mal das zu?« Meine Stimme brach, und ich presste die Finger auf meine Lippen, als ob sie stark genug wären, um den Schmerz in Schach zu halten.

»Amberly?«, flüsterte Madeline. »Was ist denn los?«

Ich schüttelte den Kopf. »Nichts, ich brauche nur ein wenig Ruhe.«

»Du solltest lieber nicht hier sein. Ich bringe dich auf dein Zimmer.«

»Das wird die Königin verärgern.«

Madeline lachte kurz auf. »Wann ist sie mal nicht verärgert?«

Ich seufzte. »Wenn sie betrunken ist.«

Diesmal war Madelines Lachen fröhlicher und echter. Sie hielt sich die Hand vor den Mund, weil sie keine Aufmerksamkeit auf uns lenken wollte, und auch meine Laune hob sich ein wenig. Als sie aufstand, fiel es mir leichter, ihr zu folgen.

Sie stellte keine weiteren Fragen, doch ich beschloss, dass ich es ihr erzählen würde, bevor ich abreiste. Es würde mir guttun, mein Geheimnis mit jemandem zu teilen.

Als wir mein Zimmer erreicht hatten, drehte ich mich um und umarmte sie. Ich ließ mir Zeit, und sie drängte mich nicht. Für diesen Moment bekam ich das wenige, was ich vom Leben verlangte.

Ich ging zu meinem Bett, doch bevor ich hineinkroch, fiel ich auf die Knie und faltete die Hände zum Gebet.

»Bitte ich etwa um *zu* viel?«

Eine weitere Woche verging. Clarkson schickte zwei Mädchen nach Hause. Wie sehr ich mir wünschte, dass ich unter ihnen gewesen wäre.

Warum hatte er mich nicht weggeschickt?

Clarkson hatte Ecken und Kanten, aber ich glaubte nicht, dass er grausam war. Er würde mich nicht verhöhnen, indem er mir etwas in Aussicht stellte, was nie eintreten würde.

Ich fühlte mich wie eine Schlafwandlerin, bewegte mich durch das Casting wie ein ruheloser Geist, der wieder und wieder denselben Weg einschlägt. Die Welt schien nur noch ein Schatten ihrer selbst zu sein, und ich schleppte mich gleichgültig und müde durch die Tage.

Es dauerte nicht lange, bis die anderen Mädchen aufhörten, Fragen zu stellen. Ab und zu spürte ich die Last ihrer Blicke auf mir ruhen. Ich befand mich außerhalb ihrer Reichweite, und sie schienen zu begreifen, dass es das Beste war, die wachsende Distanz nicht überbrücken zu wollen. Die Königin bemerkte mich nicht mehr ... Niemand bemerkte mich mehr, und es machte mir nicht allzu viel aus.

So wäre es vielleicht für immer weitergegangen. Doch dann, an einem Tag, der so nichtssagend und verschwommen war wie die vorangegangenen, hatte ich mich innerlich so weit von allem entfernt, dass mir nicht einmal mehr auffiel, dass sich der Speisesaal bereits geleert hatte. Ich bemerkte nichts, bis auf der anderen Seite des Tisches ein Anzug auftauchte.

»Sie sind krank.«

Mein Blick begegnete dem von Clarkson, und ich wandte rasch die Augen ab.

»Nein, ich bin in letzter Zeit nur noch müder als gewöhnlich.«

»Sie sind dünn.«

»Ich sage ja, ich bin müde gewesen.«

Er schlug mit der Faust auf den Tisch, und ich zuckte zusammen und blickte ihm erschrocken ins Gesicht. Mein träges Herz wusste nicht, wie es reagieren sollte.

»Sie sind nicht müde. Sie schmollen«, stellte er fest. »Ich verstehe das, aber Sie müssen darüber hinwegkommen.«

Darüber hinwegkommen? *Darüber hinwegkommen?*

Mir traten Tränen in die Augen. »Wie können Sie so gemein zu mir sein, nach allem, was Sie über mich wissen?«

»Gemein?«, gab er zurück, wobei er das Wort fast auszuspucken schien. »Das hier ist reine Freundlichkeit, um Sie vor dem Abgrund zu bewahren. Wenn Sie so weitermachen, werden Sie sich selbst umbringen. Und was soll das beweisen? Was wollen Sie damit erreichen, Amberly?«

So hart seine Worte auch sein mochten, seine Stimme schien meinen Namen geradezu zu liebkosen.

»Sie sorgen sich, dass Sie nie ein Kind haben können? Na wenn schon. Wenn Sie tot sind, werden Sie erst recht keins haben.« Er nahm den Teller, der vor mir stand und auf dem immer noch Rührei, Schinken und Obst lagen, und schob ihn mir hin. »Essen Sie.«

Ich wischte mir die Tränen weg und starrte auf den Teller. Allein beim Anblick rebellierte mein Magen. »Das kann ich nicht essen.«

Er kam näher. »Was können Sie dann essen?«, fragte er mit leiserer Stimme.

Ich zuckte mit den Schultern. »Vielleicht etwas Brot.«

Clarkson richtete sich wieder auf und rief mit einem Fingerschnippen einen Diener herbei.

»Eure Hoheit«, sagte der mit einer tiefen Verbeugung.

»Gehen Sie hinunter in die Küche und holen Sie Brot für Lady Amberly. Verschiedene Sorten.«

»Sofort, Eure Hoheit.« Der Diener drehte sich um und rannte fast aus dem Zimmer.

»Und bringen Sie um Himmels willen auch Butter mit!«, rief Clarkson ihm hinterher.

Eine Welle von Scham durchflutete mich. War es nicht schon schlimm genug, was Clarkson durch den Arzt über mich erfahren hatte? Musste ich ihm wirklich noch mehr Beweise liefern, dass ich nicht würdig war, ein Leben an seiner Seite zu führen?

»Hören Sie mich an«, bat er mich leise. Mit Mühe gelang es mir, ihn wieder anzuschauen. »Machen Sie das niemals wieder. Geben Sie nicht einfach auf.«

»Ja, Eure Hoheit«, murmelte ich.

Er schüttelte den Kopf. »Nennen Sie mich Clarkson.«

Das war jedes Quäntchen Energie wert, dass es mich kostete, zu lächeln.

»Sie müssen makellos sein, begreifen Sie? Sie müssen eine Musterkandidatin sein. Bis vor kurzem hätte ich nicht gedacht, dass es jemals notwendig sein würde, Ihnen das zu sagen, aber jetzt muss ich es tun: Geben Sie niemandem einen Grund, an Ihnen zu zweifeln.«

Vollkommen sprachlos, saß ich da. Was wollte er damit sagen? Hätte in meinem Kopf nicht ein solches Durcheinander geherrscht, hätte ich ihn danach gefragt.

Einen Augenblick später kam der Diener mit einem Tablett voll mit Brötchen, Hefezopf und Brotlaiben wieder, und Clarkson trat einen Schritt zurück.

»Bis zum nächsten Mal.« Er verbeugte sich und ging aus dem Speisesaal.

»Genügt das, Lady Amberly?«, fragte der Diener, und ich schaute mit müdem Blick auf den Berg von Essen.

Ich nickte, nahm ein Brötchen und biss hinein.

Es ist seltsam, wenn man merkt, wie viel man Menschen bedeutet, von denen man es gar nicht gedacht hätte. Oder festzustellen, dass der schrittweise Zusammenbruch des eigenen Ichs auch bei anderen Menschen Spuren hinterlassen hat.

Als ich Martha fragte, ob sie mir bitte eine Schüssel Erdbeeren bringen würde, traten ihr Tränen in die Augen. Als ich über einen Witz von Bianca lachte, merkte ich, dass Madeline nach Luft schnappte, bevor sie ebenfalls in das Lachen mit einfiel. Und Clarkson …

Die einzige andere Gelegenheit, bei der ich ihn dermaßen außer sich erlebt hatte, war der Abend, an dem wir seine Eltern bei ihrem Streit beobachtet hatten. Mir wurde klar, dass sein Zorn seine Art war zu zeigen, wie viel sie ihm bedeuteten. Dass er sich so über mich aufregte, bedeutete doch wohl, dass ich ihm am Herzen lag?

Als ich mich an diesem Abend ins Bett legte, schwor ich mir zwei Dinge. Erstens: Wenn Clarkson sich dermaßen um mich sorgte, dann würde ich aufhören, mich wie ein Opfer zu verhalten. Von jetzt an würde ich im Casting wie eine Kämpferin auftreten. Und zweitens: Ich würde Clarkson Schreave keinen Grund mehr geben, sich noch einmal so über mich aufzuregen.

Seine Welt kam mir wie ein Wirbelsturm vor.

Ich würde das Auge darin sein.

9

Rot«, beharrte Emon. »In Rot sehen Sie immer hinreißend aus.«

»Aber es sollte nicht so grell sein. Vielleicht ein etwas dunklerer Ton, zum Beispiel Weinrot.« Cindly zog ein weiteres Kleid hervor, das viel dunkler als das erste war.

Ich seufzte vor Entzücken. »Das ist genau das Richtige.«

Ich besaß nicht das Temperament, das einige der anderen Mädchen hatten, und ich war keine Zwei – doch ich fing an zu glauben, dass es andere Möglichkeiten gab, um zu glänzen. Ich beschloss, mich nicht länger wie eine Prinzessin, sondern stattdessen wie eine Königin zu kleiden.

Es war nicht zu übersehen, dass zwischen den beiden Kleidungsstilen eine klare Grenze verlief. Die Kandidatinnen des Castings trugen Blumenmuster oder Kleider aus dünnem Stoff. Die Roben der Königin vermittelten etwas ganz anderes: Sie waren imposant und kühn.

Wenn schon meine Persönlichkeit dem nicht entsprach, dann zumindest meine Kleidung.

Außerdem arbeitete ich an einer anderen Körperhaltung. Wenn man mich früher in Honduragua gefragt hätte, was schwerer sei, nämlich den ganzen Tag bei unerträglicher Hitze Kaffeebohnen zu rösten oder gute zehn Stunden lang eine angemessene Haltung einzunehmen, hätte ich auf Ersteres getippt. Jetzt zweifelte ich allmählich daran.

Es waren die Feinheiten, die ich beherrschen wollte, die fast nicht greifbaren Dinge, die eine Eins ausmachten. Beim *Bericht* am heutigen Abend wollte ich so aussehen, als sei ich die logische Wahl. Wenn ich so aussah, könnte ich mich vielleicht auch so fühlen.

Wann immer ich auch nur den leisesten Hauch eines Zweifels verspürte, dachte ich an Clarkson. Es hatte keinen großen, alles entscheidenden Moment zwischen uns gegeben, doch wenn ich Angst hatte, ich sei nicht gut genug, klammerte ich mich an die kleinen Dinge. Er hatte gesagt, er würde mich mögen. Er hatte mir befohlen, nicht aufzugeben. Er hätte sich abwenden können, doch er war zurückgekehrt. Das war genug, um mich hoffen zu lassen. Also zog ich mein rotes Kleid an, nahm eine Tablette, um einer Migräne vorzubeugen, und bereitete mich darauf vor, mein Bestes zu geben.

Wir wussten vorher nie genau, ob wir Fragen beantworten mussten oder ob es eine Diskussion geben würde.

Ich nahm an, dass man dadurch herausfinden wollte, welche Kandidatin schnell reagieren konnte und schlagfertig war. Daher war ich enttäuscht, als der *Bericht* zu Ende ging, ohne dass wir zu Wort gekommen waren. Ich redete mir ein, es sei nicht so wichtig. Es würde andere Gelegenheiten geben. Doch während die anderen um mich herum vor Erleichterung seufzten, war ich niedergeschlagen.

Clarkson kam zu uns herüber, und ich wurde wieder munterer. Er kam auf mich zu. Er wollte sich mit mir verabreden. Ich wusste es! Ich wusste es!

Doch dann blieb er vor Madeline stehen. Er flüsterte ihr etwas ins Ohr, und sie kicherte und nickte ihm begeistert zu. Er streckte die Hand aus und ließ sie vorangehen, doch bevor er ihr folgte, senkte er den Kopf und raunte mir zu: »Bleiben Sie auf und warten Sie auf mich.«

Dann ging er, ohne sich noch einmal umzusehen. Aber das war auch nicht nötig.

»Sind Sie sicher, dass Sie sonst nichts weiter brauchen, Miss?«

»Nein, Martha, danke. Es ist alles gut so.«

Ich dimmte die Lampen in meinem Zimmer, ließ aber mein Kleid an. Fast hätte ich nach einem Dessert geschickt, doch ich war mir sicher, dass er bereits gegessen hatte.

Mein ganzer Körper prickelte, als wollte er mir sagen, dass der heutige Abend bedeutsam war. Alles sollte perfekt sein.

»Sie werden mich doch rufen, oder? Sie sollten während der Nacht nicht allein sein.«

Ich ergriff ihre Hände, und sie ließ es ohne zu zögern geschehen. »Sobald der Prinz gegangen ist, klingele ich nach Ihnen.«

Martha nickte und drückte meine Hände, dann ließ sie mich allein.

Ich lief ins Badezimmer, überprüfte meine Frisur, putzte mir die Zähne und strich mein Kleid glatt. Ich musste mich entspannen. Jede Faser meines Körpers war hellwach und konnte es kaum erwarten.

Ich setzte mich an den Tisch und konzentrierte mich auf meine Fingerspitzen, die Handflächen, die Handgelenke. Die Ellbogen, die Schultern, den Hals. Um mich selbst zu beruhigen, wanderte ich in Gedanken Stück für Stück durch meinen Körper. Natürlich erwies sich das als absolut nutzlos, als Clarkson schließlich an die Tür klopfte.

Er wartete meine Reaktion nicht ab, sondern kam sofort herein. Ich erhob mich, um ihn zu begrüßen, und wollte einen Knicks machen. Doch da war etwas in seinen Augen, das mich verwirrte. Mit entschlossenem Blick kam er auf mich zu.

Ich legte die Hand auf meinen Bauch, um die Schmetterlinge darin zur Ruhe zu bringen. Sie reagierten nicht.

Wortlos legte er eine Hand an meine Wange und

strich eine Haarsträhne hinter mein Ohr. Kurz bevor er sich vorbeugte, sah ich die Spur eines Lächelns auf seinem Gesicht.

Mindestens hundertmal hatte ich mir vorgestellt, wie mein erster Kuss mit Clarkson sein würde. Offenbar hatte meine Phantasie nicht ausgereicht.

Er hielt mich ganz fest. Ich fürchtete, etwas falsch zu machen, doch plötzlich waren meine Hände in seinen Haaren und ich drückte ihn so fest wie er mich. Er beugte sich vor, und ich schmiegte mich an ihn.

Das war Wonne. Das war Liebe. Jetzt spürte ich es am eigenen Leib.

Als er mich schließlich losließ, waren meine Nervosität und die Schmetterlinge in meinem Bauch verschwunden. Ein gänzlich neues Gefühl durchströmte mich.

Wir beide atmeten heftig, doch das hielt ihn nicht vom Sprechen ab.

»Du siehst heute umwerfend aus. Das wollte ich dir noch gerne sagen.« Seine Finger wanderten über meine Arme, über mein Schlüsselbein und dann in meine Haare. »Absolut umwerfend.«

Er küsste mich noch einmal, dann ging er, wobei er mir an der Tür einen letzten Blick zuwarf.

Ich ließ mich einfach auf das Bett fallen. Eigentlich wollte ich Martha rufen, damit sie mir aus dem Kleid half, aber ich fühlte mich so schön, dass ich es bleibenließ.

10

Am nächsten Morgen fing meine Haut beim kleinsten Anlass zu kribbeln an. Jede Bewegung oder auch nur ein leiser Lufthauch riefen das warme Gefühl in meinem Körper wieder wach. Und jedes Mal, wenn es geschah, dachte ich an Clarkson.

Während des Frühstücks trafen sich unsere Blicke zweimal, und beide Male hatte er einen ähnlich stillvergnügten Gesichtsausdruck. Es war, als ob ein köstliches Geheimnis über uns schwebte.

Obwohl keins von uns Mädchen wusste, ob die Gerüchte über Tia wahr gewesen waren, nahm ich ihren Rauswurf als Warnung und behielt die Ereignisse der vergangenen Nacht für mich. Die Tatsache, dass niemand sonst davon wusste, machte das Ganze noch schöner, fast heilig, und ich bewahrte die Erinnerung in meinem Herzen wie einen Schatz.

Die Kehrseite des Kusses war die Tatsache, dass jeder Moment ohne Clarkson nun unerträglich war. Ich wollte ihn wiedersehen, ihn wieder berühren. Jeder Atemzug galt allein Clarkson, und nichts war von Bedeutung, bis ich in meinem Zimmer war und mich für das Abendessen ankleidete. Die Aussicht darauf, ihn bald zu sehen, war das Einzige, was mich aufrecht hielt.

Meine Zofen waren bezüglich meines veränderten Kleidungsstils ganz auf meiner Linie, und das Kleid für den heutigen Abend war sogar noch besser. Honigfarben, mit hoher Taille und einem nach hinten ausgestellten Rock. Vielleicht ein bisschen zu extravagant für ein Abendessen, aber es gefiel mir dennoch ungemein.

Im Speisesaal nahm ich meinen Platz ein und wurde rot, als Clarkson mir zuzwinkerte.

»Sie hat schon wieder schlechte Laune«, murmelte Kelsa in meine Richtung.

»Wer?«

»Die Königin. Schau sie dir an.«

Ich spähte zum Kopf des Tisches. Kelsa hatte recht. Die Königin sah aus, als ob allein die Luft um sie herum sie schon wütend machte. Mit der Gabel spießte sie ein Kartoffelstück auf, musterte es und schmiss die Gabel dann zurück auf den Teller.

Ein paar der Mädchen erschraken bei dem Geräusch.

»Ich frage mich, was vorgefallen ist«, flüsterte ich.

»Ich glaube nicht, dass irgendetwas vorgefallen ist. Sie ist einer dieser Menschen, die einfach nicht glücklich sein können. Selbst wenn der König sie jede zweite Woche in den Urlaub schicken würde, würde das nicht reichen. Sie wird nicht zufrieden sein, bis wir alle weg sind.«

Kelsa war voller Verachtung für die Königin und ihre ständige Gereiztheit. Das verstand ich natürlich, doch ich konnte Königin Abby einfach nicht hassen.

»Ich frage mich, was sie tun wird, wenn Clarkson sich entschieden hat«, überlegte ich laut.

»Darüber möchte ich lieber gar nicht nachdenken.« Kelsa nippte an ihrem Glas mit perlendem Cidre. »Sie ist das Einzige, das mich dazu bringt, ihn nicht zu wollen.«

»Darüber würde ich mir keine Sorgen machen«, scherzte ich. »Der Palast ist groß genug, um ihr die meiste Zeit aus dem Weg zu gehen.«

»Eine ausgezeichnete Idee!« Sie vergewisserte sich, dass uns niemand zuhörte. »Glaubst du, sie haben ein Gefängnis, in das wir sie stecken könnten?«

Gegen meinen Willen musste ich lachen.

Und ganz plötzlich war da ein Klirren und Krachen, als alle Fensterscheiben gleichzeitig zerbrachen. Gegenstände flogen hindurch. Einige der Mädchen stießen schrille Schreie aus, denn das Glas regnete auf uns herab, und es schien, als wäre Nova von einem der Gegenstände am Kopf getroffen worden.

In der Mitte des Speisesaals entdeckte ich jetzt seltsame Objekte. Sie sahen wie sehr große Konservendosen aus. Als ich die Augen zusammenkniff, um das Gekritzel auf einer der Dosen in meiner Nähe zu entziffern, explodierte eine andere direkt neben der Tür und spie Rauch in den Saal.

»Lauft!«, brüllte Clarkson, und eine weitere Dose explodierte. »Raus hier!«

Der König packte die Königin am Arm und zog sie aus dem Zimmer.

Innerhalb von Sekunden füllte sich der Raum mit schwarzem Rauch. Das und die Schreie brachten mich ganz durcheinander. Ich drehte mich um und suchte nach den Mädchen, die neben mir gesessen hatten. Sie waren verschwunden.

Natürlich waren sie geflohen. Ich wirbelte herum, verlor im Rauch jedoch sofort die Orientierung. Wo war die Tür? Ich holte tief Luft und versuchte Ruhe zu bewahren, doch ich hatte den Rauch eingeatmet und musste husten. Das hier war etwas Schlimmeres als ganz gewöhnlicher Rauch. Ich war schon einmal einem großen Lagerfeuer ein wenig zu nah gekommen, aber das hier ... Das war anders. Mein Körper sehnte sich nach Ruhe.

Ich geriet in Panik. Ich musste die Orientierung wiederfinden. Der Tisch. Wenn ich den Tisch wiederfand, musste ich mich von dort nur noch nach rechts wenden. Ich strauchelte und lief gegen den Tisch, der nicht dort war, wo ich ihn erwartet hätte. Aber das war mir egal, es reichte, dass ich ihn überhaupt gefunden hatte. Ich fuhr mit den Fingern an der Längsseite des Tisches entlang, wobei ich Gläser umwarf und über Stühle stolperte.

Ich würde es nicht schaffen.

Ich bekam keine Luft mehr, und ich war todmüde.

»Amberly!«

Ich hob den Kopf, konnte aber nichts erkennen.

»Amberly!«

Ich konnte nicht antworten und schlug stattdessen mit der Hand auf den Tisch, wobei ich vor Anstrengung hustete. Ich hörte ihn nicht noch einmal rufen, und außer Rauch sah ich gar nichts.

Wieder schlug ich auf den Tisch. Nichts.

Noch einmal probierte ich es, und kurz bevor meine Hand die Tischplatte berührte, traf sie auf eine andere Hand.

Die Hand griff nach meiner.

»Komm«, stieß er hervor und zerrte mich mit sich. Ich dachte, wir würden den Ausgang nie erreichen, doch dann stieß ich mit der Schulter gegen den Türrahmen. Ich wollte mich einfach nur hinsetzen, aber Clarkson zog mich weiter.

Wir hasteten den Flur entlang, und ich sah ein paar der Mädchen auf dem Boden liegen. Einige schnappten nach Luft, und mindestens zwei von ihnen hatten sich übergeben.

Clarkson zog mich an den letzten Mädchen vorbei, und dann ließen wir uns beide fallen und atmeten gierig die saubere Luft ein. Seit dem Zerbersten der Scheiben waren vielleicht zwei oder drei Minuten vergangen, doch ich hatte das Gefühl, als wäre ich einen Marathon gelaufen.

Ich lag ziemlich verdreht auf dem Boden, aber es war

mir zu anstrengend, mich zu bewegen. Clarkson rührte sich ebenfalls nicht, doch ich sah, wie seine Brust sich hob und senkte. Einen Augenblick später wandte er sich mir zu.

»Geht es dir gut?«

Ich hatte kaum die Kraft, ihm zu antworten. »Du hast mir das Leben gerettet.« Ich machte eine Pause, um nach Luft zu schnappen. »Ich liebe dich.«

Viele Male hatte ich mir vorgestellt, wie ich diese Worte aussprechen würde, aber nie auf diese Art. Ich kam nicht dazu, es zu bedauern, denn ich verlor langsam das Bewusstsein, wobei der Lärm heranstürmender Wachmänner in meinen Ohren hallte.

Als ich aufwachte, lag etwas auf meinem Gesicht. Ich hob die Hand und berührte eine Sauerstoffmaske. Ich drehte den Kopf nach rechts und erkannte das Pult, an dem die Krankenschwester gewöhnlich saß, und die Eingangstür zum Krankenflügel. Ich schaute in die andere Richtung: Fast jedes Bett war belegt. Ich hätte nicht sagen können, wie viele der Mädchen hier waren. Wie viele waren unverletzt? Und hatten es einige gar nicht geschafft?

In der Hoffnung, mehr erkennen zu können, setzte ich mich auf. Ich erspähte Clarkson, und er kam auf mich zu. Ich fühlte mich weder benommen noch kurzatmig, deshalb nahm ich die Maske ab. Er selbst bewegte sich langsam, er schien noch mit der Wirkung des Gases zu kämpfen zu haben. Als er endlich bei mir war, setzte er sich auf die Kante meines Bettes.

»Wie fühlst du dich?« Seine Stimme krächzte.

»Welche …« Ich versuchte mich zu räuspern. Auch meine Stimme klang fremd. »Welche Rolle spielt das? Ich kann nicht glauben, dass du zurückgekommen bist! Es gibt hier ungefähr zwanzig Varianten von mir. Aber dich gibt es nur einmal.«

Clarkson ergriff meine Hand. »Du bist eben nicht ersetzbar, Amberly.«

Ich presste die Lippen zusammen, ich wollte nicht weinen. Der Thronerbe hatte sich meinetwegen in Gefahr begeben. Ein überwältigendes Gefühl.

»Lady Amberly«, sagte Dr. Mission und eilte zu mir herüber. »Ich freue mich, dass Sie endlich wach sind.«

»Geht es den anderen gut?«, fragte ich, und meine Stimme klang noch immer rau.

Er wechselte einen raschen Blick mit Clarkson. »Auf dem Wege der Besserung.« Sie verschwiegen mir etwas, aber darüber würde ich mir später Gedanken machen. »Sie selbst haben allerdings ziemliches Glück gehabt. Seine Hoheit hat fünf Mädchen gerettet, Sie eingeschlossen.«

»Prinz Clarkson ist ein tapferer Mann. Ich stimme Ihnen zu, ich kann mich wirklich sehr glücklich schätzen.« Clarkson hielt noch immer meine Hand in seiner, und ich drückte sie kurz.

»Ja«, antwortete Dr. Mission. »Aber bitte entschuldigen Sie, wenn ich mich frage, ob diese Tapferkeit gerechtfertigt war.«

Wir wandten uns ihm beide zu, aber es war Clarkson, der das Wort ergriff. »Wie war das, bitte?«

»Eure Hoheit«, entgegnete der Arzt leise, »Ihnen ist doch bestimmt klar, dass Ihr Vater es nicht billigen würde, wenn Sie einem Mädchen, das Ihrer nicht wert ist, so viel Zeit widmen.«

Es hätte nicht weniger weh getan, wenn er mich geschlagen hätte.

»Lady Amberlys Chance, einen Erben zu gebären, ist bestenfalls gering. Und Sie haben bei ihrer Rettung fast Ihr Leben verloren! Ich habe den König noch nicht von der körperlichen Verfassung der Lady unterrichtet, weil ich sicher war, dass Sie sie gnädigerweise nach Hause schicken würden. Doch wenn das so weitergeht, werde ich ihn davon in Kenntnis setzen müssen.«

Es entstand eine lange Pause, bevor Clarkson antwortete. »Ich glaube, ich habe heute mehrere Mädchen sagen hören, dass Sie sie bei Ihren Untersuchungen ein wenig zu lange angefasst hätten«, sagte er kalt.

Der Doktor blinzelte. »Was wollen Sie damit ...«

»Und welche war es noch, die mir erzählte, Sie hätten ihr etwas überaus Unangemessenes ins Ohr geflüstert? Es spielt keine Rolle, nehme ich an.«

»Aber ich habe niemals ...«

»Das ist völlig unwesentlich. Ich bin der Prinz. Mein Wort ist über jeden Zweifel erhaben. Und selbst wenn ich nur vermute, dass Sie es gewagt haben, die Mädchen auf unprofessionelle Weise zu berühren, werden Sie sich vor einem Erschießungskommando wiederfinden.«

Mein Herz raste. Ich wollte ihn bremsen, ihm sagen, dass man niemandem mit dem Tod drohen musste. Es gab doch bestimmt andere Möglichkeiten, mit dem Problem umzugehen. Doch ich wusste, jetzt war nicht der richtige Moment zu sprechen.

Dr. Mission schluckte, als Clarkson fortfuhr: »Wenn Ihnen etwas an Ihrem Leben liegt, dann schlage ich vor, dass Sie sich in meins nicht einmischen. Haben wir uns verstanden?«

»Ja, Eure Hoheit«, stammelte der Arzt und machte zur Sicherheit noch eine kurze Verbeugung.

»Ausgezeichnet. Nun, wie steht es um die Gesundheit von Lady Amberly? Kann sie auf ihr Zimmer gehen, um sich in angenehmerer Atmosphäre auszuruhen?«

»Ich hole eine Krankenschwester, die das sofort überprüft.«

Clarkson machte eine Handbewegung, und Dr. Mission entfernte sich. »Ist diese Dreistigkeit zu fassen? Ich sollte ihn so oder so loswerden.«

Ich legte Clarkson die Hand auf die Brust. »Nein. Nein, bitte tue ihm nicht weh.«

Er lächelte. »Ich meinte damit, dass ich ihn wegschicken und woanders eine passende Position für ihn suchen werde. Viele der Gouverneure haben gern einen Leibarzt. Da wird er einen guten Job machen.«

Ich seufzte erleichtert.

»Amberly«, flüsterte Clarkson, »bevor Dr. Mission es dir gesagt hat, wusstest du da bereits, dass du vielleicht keine Kinder bekommen kannst?«

Ich schüttelte den Kopf. »Sorgen gemacht habe ich mir schon. Ich habe miterlebt, wie es anderen Frauen in meiner Heimat ergangen ist. Aber meine beiden ältesten Geschwister sind verheiratet und haben bereits Kinder. Daher hoffte ich ...« Meine Stimme brach.

»Mach dir darüber jetzt keine Gedanken«, beruhigte er mich. »Ich sehe später noch einmal nach dir. Wir müssen uns unterhalten.«

Und dann küsste er meine Stirn, hier im Krankenflügel, wo jeder es sehen konnte. All meine Sorgen lösten sich in Luft auf, zumindest für einen Augenblick.

11

»Ich möchte dir ein Geheimnis erzählen.«

Ich wachte davon auf, dass Clarkson mir ins Ohr flüsterte. Ich war nicht einmal erschrocken – stattdessen machte mich seine Stimme munter, und das war der schönste Weg, um wach zu werden.

»Möchtest du das?« Ich rieb mir die Augen und blickte in sein verschmitzt lächelndes Gesicht.

Er nickte. »Soll ich es dir verraten?«

Statt einer Antwort kicherte ich, und wieder brachte er seinen Mund nah an mein Ohr. »Du wirst die nächste Königin von Illeá.«

Ich wich zurück, um sein Gesicht sehen zu können und suchte nach einem Hinweis, dass dies ein Scherz war. Doch ich hatte ihn noch nie entschlossener gesehen.

»Und willst du wissen, wie ich das herausgefunden habe?« Er schien sehr zufrieden mit sich zu sein, weil er mich dermaßen überrumpelt hatte.

»Bitte«, hauchte ich, und konnte nicht glauben, was ich da hörte.

»Ich hoffe, du verzeihst mir meine kleinen Tests, aber ich weiß schon lange, nach was für einer Frau ich suche.« Er verlagerte sein Gewicht auf dem Bett, und ich richtete mich auf, so dass wir einander anblicken konnten. »Mir gefiel dein Haar.«

Instinktiv berührte ich es. »Was meinst du damit?«

»Es war völlig in Ordnung, als es lang war. Ich habe mehrere Mädchen gebeten, sich die Haare abzuschneiden, doch du warst die Einzige, die mir mehr als nur ein paar Zentimeter geopfert hat.«

Verblüfft starrte ich ihn an. Was wollte er damit sagen?

»Und dann der Abend unserer ersten Verabredung. Erinnerst du dich noch?«

Natürlich erinnerte ich mich daran.

»Ich bin extra zu einer Zeit gekommen, als du dich bereits bettfertig gemacht hattest. Du hast gefragt, ob du dich umziehen könntest, doch als ich nein sagte, hast du nicht widersprochen. Du bist so, wie du warst, mitgekommen. Die anderen haben mich hinaus auf den Flur geschoben, wo ich warten musste, bis sie sich angezogen hatten. Sie waren schnell, das muss man ihnen lassen. Aber trotzdem.«

Einen Augenblick lang dachte ich über die beiden »Tests« nach. »Ich verstehe nicht«, gestand ich dann.

Er griff nach meiner Hand. »Du hast meine Eltern ja erlebt. Sie streiten sich über Nichtigkeiten. Sie machen sich unglaubliche Gedanken über ihr Auftreten. Und auch wenn das zum Wohle des Landes wichtig ist, lassen sie zu, dass es zwischen ihnen steht und jede Form von Frieden verhindert – ganz zu schweigen von ehelichem Glück.

Ich habe dich um etwas gebeten, und du hast es mir gewährt. Du bist nicht eitel. Du bist dir deiner selbst so sicher, dass du mich vor dein Aussehen, vor alles stellst. Das weiß ich wegen der Art und Weise, wie du auf jegliche Bitte, die ich an dich gerichtet habe, reagiert hast. Aber es ist noch mehr als das.«

Er holte tief Luft und blickte auf unsere Hände, als ringe er mit sich, ob er es mir sagen sollte.

»Du bewahrst meine Geheimnisse, und ich kann dir versichern, wenn du mich heiratest, wird es davon noch viel mehr geben. Du urteilst nicht über mich und scheinst über kaum etwas erschrocken zu sein. Du wirkst beruhigend auf mich.« Er schaute mir in die Augen. »Ich sehne mich verzweifelt nach Frieden. Und ich glaube, du bist die einzige Chance darauf.«

Ich lächelte. »Das Auge deines Sturms?«

Er stieß langsam den Atem aus und wirkte erleichtert. »Ja.«

»Ich wäre überglücklich, das für dich sein zu können, aber es gibt da noch ein kleines Problem.«

Er runzelte die Stirn. »Deine Kaste?«

Das hatte ich völlig vergessen. »Nein. Kinder.«

»Ach das«, sagte er und klang so, als nähme er das überhaupt nicht ernst. »Das kümmert mich nicht.«

»Aber du brauchst einen Erben!«

»Wozu? Um die Blutlinie fortzusetzen? Du sprichst davon, mir einen Sohn zu schenken. Angenommen, uns gelänge es, ein Kind zu bekommen, und dieses Kind wäre ein Mädchen. Sie würde auf keinen Fall den Thron besteigen können. Glaube mir, es gibt Pläne zur Sicherstellung der Monarchie.«

»Ich will Kinder haben«, murmelte ich.

Er zuckte die Achseln. »Es gibt keine Garantie, dass du welche bekommst. Ich persönlich mache mir nichts aus Kindern. Ich schätze, dafür sind Kindermädchen da.«

»Und der Palast ist so groß, dass du niemals hören wirst, wie eins von ihnen seine Stimme erhebt.«

Clarkson grinste. »Stimmt. Also egal, wie es ausgeht, das ist kein Problem für mich.«

Er war so ruhig, dass ich ihm glaubte und die tonnenschwere Last dieses Kummers von mir abfiel. Mir traten Tränen in die Augen, aber ich erlaubte mir nicht zu weinen. Das würde ich mir für später aufheben, wenn ich wieder allein war.

»Das eigentliche Problem ist deine Kastenzugehörigkeit«, gestand er mir. »Nun ja, nicht so sehr für mich, sondern eher für meinen Vater. Ich werde Zeit brauchen, mir einen Weg zu überlegen, das anzusprechen. Das bedeutet, dass das Casting noch einige Zeit weitergehen wird. Aber sei getrost«, sagte er und beugte sich vor, »du wirst meine Frau.«

Ich biss mir auf die Lippen, ich war zu glücklich, um zu glauben, dass dies alles wahr sein konnte.

Er strich mir eine Haarsträhne hinters Ohr. »Du wirst das Einzige auf der Welt sein, das wirklich zu mir gehört. Und ich werde dich auf einen so hohen Sockel stellen, dass es niemandem gelingen wird, dich nicht zu bewundern.«

Ganz benommen vor Freude, schüttelte ich den Kopf. »Ich weiß nicht, was ich sagen soll.«

Er küsste mich rasch. »Übe einfach nur, ja zu sagen. Wenn die Zeit reif ist, solltest du bereit sein.«

Unsere Köpfe berührten sich, und eine Weile verharrten wir schweigend. Das war unglaublich. Er hatte alle Worte gesagt, die ich jemals hatte hören wollen: *Königin, meine Frau, bewundern.* Die Träume, die ich in meinem Herzen gehegt hatte, wurden tatsächlich wahr.

»Du solltest jetzt schlafen. Der heutige Angriff war einer der schlimmsten bisher. Ich möchte, dass du dich vollständig davon erholst.«

»Wie du willst.«

Er fuhr mit dem Finger über meine Wange, zufrieden über meine Antwort. »Gute Nacht, Amberly.«

»Gute Nacht, Clarkson.«

Nachdem er gegangen war, legte ich mich zurück ins Bett, wusste aber, dass ich jetzt auf keinen Fall schlafen konnte. Wie sollte ich auch, wo mein Herz doppelt so schnell schlug und mein Gehirn sich alle möglichen Szenarien unserer Zukunft ausmalte?

Langsam stand ich auf und ging hinüber zum Schreibtisch. Es gab nur einen Weg, das loszuwerden.

Liebe Adele,

kannst du ein Geheimnis bewahren?

DIE FAVORITIN

1

Ich zog die obersten Stoffschichten meines Kleids enger um meine Schultern. Carter war jetzt still, und sein Schweigen ließ mich mehr frösteln als die Kälte in der Arrestzelle. Es war grauenvoll gewesen, seine Schmerzensschreie zu hören, als die Wachen ihn verprügelten. Doch wenigstens wusste ich, dass er noch lebte.

Ich schauderte und presste die Knie fest an meine Brust. Eine Träne lief mir über die Wange, und ich war froh darüber, weil sie meine Haut wärmte. Wir hatten es gewusst. Wir hatten gewusst, dass es so enden könnte. Und trotzdem hatten wir uns getroffen. Wie hätten wir auch damit aufhören sollen?

Ich fragte mich, wie wir sterben würden. Am Galgen? Durch eine Kugel? Oder durch etwas Raffinierteres und besonders Schmerzhaftes?

Fast wünschte ich mir, Carters Schweigen bedeutete, dass er bereits tot war. Oder dass er wenigstens als Erster sterben würde. Lieber wäre sein Tod meine letzte Erinnerung, als dass er umgekehrt *meinen* Tod miterleben musste. Selbst jetzt, allein in dieser Zelle, wünschte ich mir nichts anderes, als dass seine Schmerzen ein Ende fanden.

Draußen auf dem Flur rührte sich etwas, und mein Herz fing an zu rasen. War es nun so weit? War das das Ende? Rasch schloss ich die Augen, um die Tränen zurückzuhalten. Wie hatte es so weit kommen können? Wie war ich von einer der beliebtesten Kandidatinnen des Castings zur Verräterin geworden? Ach Carter … Carter, was haben wir getan?

Ich hielt mich nicht für eitel. Trotzdem verspürte ich fast jeden Tag nach dem Frühstück den Drang, zurück in mein Zimmer zu gehen und mein Make-up aufzufrischen, bevor ich den Damensalon aufsuchte. Was albern war, denn bis zum Abendessen würde ich Maxon gar nicht begegnen. Und bis dahin hätte ich mich sowieso umgezogen und neu geschminkt.

Zudem war es nicht so, als ob meine Anstrengungen irgendeine Wirkung gezeigt hätten. Maxon war höflich und zuvorkommend, doch ich hatte keinen besonderen Draht zu ihm wie einige der anderen Mädchen.

Obwohl ich im Palast zweifellos eine wunderbare Zeit verlebte, hatte ich immer den Eindruck, als gäbe es da etwas, was die anderen – zumindest einige von ihnen – kapiert hatten und ich nicht. Bevor ich als Kandidatin für das Casting ausgewählt worden war, hatte ich mich amüsant, hübsch und intelligent gefunden. Doch unter all den anderen Mädchen, die tagtäglich darum wetteiferten, einem einzigen Mann zu gefallen, kam ich mir geistlos, fade und minderwertig vor. Vielleicht hätte ich mehr wie meine Freundinnen zu Hause sein müssen. Denn wenn es darum ging, den passenden Mann zu finden und eine Familie zu gründen, waren sie immer mit Feuereifer dabei gewesen. Sie hatten über Kleider, Make-up und Jungs geredet – während meine Aufmerksamkeit dem Unterricht gegolten hatte. Doch wie ich jetzt feststellte, hatte ich dadurch wohl eine wichtige Lektion verpasst.

Nein. Ich musste mir nur mehr Mühe geben, weiter nichts. Ich erinnerte mich noch an alles, was uns Silvia zu Anfang der Woche im Geschichtsunterricht erzählt hatte. Ich hatte teilweise sogar mitgeschrieben, damit ich noch mal nachgucken konnte, falls ich etwas vergaß. Maxon sollte wissen, dass ich intelligent *und* vielseitig war. Und natürlich sollte er mich auch schön finden, deshalb hielt ich die Abstecher in mein Zimmer für notwendig.

Machte Königin Amberly das auch? Sie sah stets atemberaubend aus, ohne dabei im mindesten angestrengt zu wirken.

Ich blieb auf der Treppe stehen und betrachtete meine Schuhe. Einer meiner Absätze schien ständig im Teppich hängen zu bleiben. Doch ich konnte nichts entdecken und setzte meinen Weg fort, weil ich endlich in den Damensalon wollte.

Als ich mich dem ersten Stock näherte, warf ich die Haare über die Schulter und überlegte, wie dieses »Mehr-Mühe-Geben« aussehen könnte. Ich wollte das Casting wirklich gewinnen. Zwar hatte ich noch nicht viel Zeit mit Maxon verbracht, aber er schien nett und amüsant und …

»Ahhh!« Mein Absatz blieb an der Treppenkante hängen, und ich schlug der Länge nach hin. »Autsch«, stöhnte ich.

»Miss!« Ich blickte auf. Ein Wachmann lief auf mich zu. »Ist alles in Ordnung?«

»Alles bestens. Bis auf meinen Stolz ist nichts verletzt worden«, sagte ich und wurde rot.

»Ich habe keine Ahnung, wie Frauen in diesen Schuhen laufen können. Es kommt mir wie ein Wunder vor, dass Sie sich alle nicht ständig die Knöchel brechen.«

Ich kicherte, und er half mir auf.

»Danke.« Ich strich mir die Haare zurück und richtete mein Kleid.

»Gern geschehen. Haben Sie sich auch ganz bestimmt nicht weh getan?« Besorgt musterte er mich und hielt nach Kratzern Ausschau.

»An der Hüfte tut es ein bisschen weh. Doch ansonsten geht es mir blendend.«

Was die Wahrheit war.

»Vielleicht sollte ich Sie zur Sicherheit in den Krankenflügel bringen?«

»Nein, ehrlich«, beteuerte ich. »Mir geht es gut.«

Er seufzte. »Würden Sie mir einen Gefallen tun und trotzdem hingehen? Wenn Sie sich doch etwas getan haben und ich unternehme nichts, um Ihnen zu helfen, würde ich mir das nie verzeihen.« Seine blauen Augen waren sehr überzeugend. »Und der Prinz sieht das bestimmt ganz genauso.«

Da hatte er wohl recht. »Na schön«, gab ich nach. »Ich gehe.«

Er grinste, wobei das Lächeln ein wenig schief geriet. »Na dann los.« Er hob mich hoch, und ich schnappte erschrocken nach Luft.

»Ich glaube nicht, dass das nötig ist«, protestierte ich.

»Egal.« Er setzte sich in Bewegung, so dass ich machtlos war. »Also, korrigieren Sie mich, wenn ich mich irre, aber Sie sind Miss Marlee, stimmt's?«

»Ja, die bin ich.«

Er lächelte noch immer, und ich lächelte unwillkürlich zurück. »Es hat mich sehr viel Mühe gekostet, all Ihre Namen auswendig zu lernen. Während der Ausbildung war ich ehrlich gesagt keine große Leuchte, und ich weiß nicht, wie ich es in den Palast geschafft habe. Aber sie sollen ihre Entscheidung nicht bereuen, deshalb versuche ich zumindest alle Namen zu lernen.«

Es gefiel mir, wie er redete. Es war, als erzählte er eine Geschichte – obwohl er nur über sich selbst sprach. Sein Gesichtsausdruck war lebhaft, und seine Stimme klang begeistert.

»Nun, Sie haben schon weit mehr als Ihre Pflicht

getan«, lobte ich ihn. »Und denken Sie nicht so schlecht von sich. Zweifellos haben Sie während der Ausbildung einiges richtig gemacht, wenn man Sie hier einsetzt. Ihre Vorgesetzten haben bestimmt großes Potenzial in Ihnen gesehen.«

»Zu freundlich von Ihnen. Verraten Sie mir noch einmal, woher Sie kommen?«

»Aus Kent.«

»Ach, ich stamme aus Allens.«

»Tatsächlich?« Allens lag östlich von Kent und nördlich von Carolina. Wir waren quasi Nachbarn.

Er nickte ihm Gehen. »Ja, Miss. Ich habe meine Provinz zuvor noch nie verlassen. Na ja, abgesehen von meiner Ausbildung.«

»Ich auch nicht. Es ist nicht leicht, sich an das Klima hier zu gewöhnen.«

»Allerdings! Die ganze Zeit warte ich darauf, dass es Herbst wird, aber ich habe keine Ahnung, ob es diese Jahreszeit hier überhaupt gibt.«

»Ich weiß, was Sie meinen. Sommer ist ja schön und gut, aber doch nicht dauernd.«

»Ganz genau«, sagte er nachdrücklich. »Können Sie sich vorstellen, wie albern es sein muss, hier Weihnachten zu feiern?«

Ich seufzte. »Ohne Schnee *kann* es einfach nicht genauso gut sein.« Und das war mein Ernst. Das ganze Jahr über träumte ich vom Winter. Es war meine Lieblingsjahreszeit.

»Nicht annähernd so gut«, bestätigte er.

Warum musste ich nur andauernd lächeln? Vielleicht, weil diese Unterhaltung so unangestrengt war? Sonst war es mir nie leichtgefallen, mit einem Jungen zu reden. Zwar hatte ich auch nicht gerade viel Übung darin, aber mir gefiel der Gedanke, dass ich mich vielleicht gar nicht so sehr ins Zeug legen musste, wie ich gedacht hatte.

Als wir uns dem Eingang des Krankenflügels näherten, verlangsamte er seine Schritte.

»Würden Sie mich bitte absetzen?«, bat ich ihn. »Sie sollen nicht denken, ich hätte mir ein Bein gebrochen oder so.«

Er schmunzelte. »Aber gern.«

Er stellte mich auf die Füße und öffnete mir die Tür. Drinnen saß eine Krankenschwester hinter einem Schreibtisch.

»Lady Marlee ist im Flur gestürzt«, sagte der Officer an meiner Stelle. »Wahrscheinlich hat sie sich nicht ernsthaft verletzt, aber wir wollten ganz sichergehen.«

Die Krankenschwester erhob sich sofort, froh, etwas zu tun zu haben. »Oje, Lady Marlee, ich hoffe, Sie haben sich nicht allzu sehr weh getan.«

»Nein, nur hier habe ich eine kleine Schürfwunde«, sagte ich und berührte meine Hüfte.

»Ich untersuche Sie sofort. Haben Sie vielen Dank, Officer. Sie können jetzt zurück auf Ihren Posten gehen.«

Der Wachmann salutierte in ihre Richtung und

wandte sich dann zum Gehen. Kurz bevor sich die Türen hinter ihm schlossen, zwinkerte er mir zu und schenkte mir noch einmal sein schiefes Lächeln. Ich blieb zurück, grinsend wie eine Närrin.

Die Stimmen auf dem Gang wurden lauter, was mich jäh in die Gegenwart zurückbrachte. Die Grußformeln der Wachen übertönten einander, immer wieder war ein Wort zu hören: *Hoheit*.

Maxon war hier.

Ich hastete zu dem kleinen vergitterten Fenster an meiner Zellentür und beobachtete, wie die Zelle gegenüber – Carters Zelle – geöffnet wurde und man Maxon hineinführte. Ich lauschte, aber obwohl ich Maxons Stimme erkannte, konnte ich nichts verstehen. Ich hörte eine gemurmelte Erwiderung und wusste, dass sie von Carter kam. Also war er bei Bewusstsein. Und am Leben.

Ich seufzte und erschauderte zur gleichen Zeit, dann zog ich mir wieder den Tüllstoff über die Schultern.

Ein paar Minuten später ging Carters Zellentür wieder auf, und Maxon kam auf meine Zelle zu. Die Wachen ließen ihn ein und schlossen die Tür hinter ihm. Er sah mich an und schnappte nach Luft.

»Um Himmels willen, was haben sie mit Ihnen gemacht?« Er kam auf mich zu und knöpfte dabei seine Anzugjacke auf.

»Maxon, es tut mir so leid«, weinte ich.

Er schlüpfte aus seiner Jacke und legte sie mir um die

Schultern. »Haben die Wachen Ihr Kostüm zerrissen? Haben sie Ihnen etwas getan?«

»Ich wollte Ihnen nicht untreu sein. Ich wollte Ihnen nicht weh tun.«

Er legte mir die Hände an die Wangen. »Marlee, hören Sie mir zu. Haben die Wachen Sie geschlagen?«

Ich schüttelte den Kopf. »Einer hat mir die Flügel abgerissen, als er mich durch die Tür geschubst hat, aber sonst haben sie mir nichts getan.«

Sichtlich erleichtert, seufzte er. Was war er nur für ein gutherziger Mensch.

»Es tut mir so leid«, flüsterte ich noch einmal.

Maxons Hände rutschten auf meine Schultern herab. »Ich fange gerade erst an zu begreifen, wie sinnlos es ist, gegen die Liebe anzukämpfen. Ganz bestimmt werde ich Ihnen deswegen keine Vorwürfe machen.«

Ich blickte in seine gütigen Augen. »Wir haben versucht, uns zu beherrschen. Ich schwöre, dass wir es versucht haben. Aber ich liebe ihn. Ich würde ihn morgen heiraten ... wenn er dann nicht schon tot wäre.« Ich senkte den Kopf und fing unkontrolliert zu schluchzen an. Gern hätte ich mich wie eine Lady verhalten und meine Strafe mit Anstand getragen. Aber es kam mir alles so ungerecht vor – als ob man mir alles wegnahm, bevor es mir überhaupt wirklich gehört hatte.

Sanft streichelte mir Maxon über den Rücken. »Ihr beide werdet nicht sterben.«

Ungläubig starrte ich ihn an. »Wie?«

»Ihr seid nicht zum Tode verurteilt worden.«

Ich gab einen Stoßseufzer von mir und umarmte ihn. »Danke! Tausendmal danke! Das ist mehr, als wir verdient haben!«

»Halt! Halt!«, bremste er mich und schob mich von sich.

Ich wich einen Schritt zurück, beschämt, dass ich nach allem, was ich bereits getan hatte, auch noch gegen das Protokoll verstieß.

»Ihr seid nicht zum Tode verurteilt worden«, wiederholte er, »aber man wird euch trotzdem bestrafen.« Er blickte zu Boden und schüttelte den Kopf. »Es tut mir leid, Marlee, aber ihr beide werdet morgen früh öffentlich mit der Rute ausgepeitscht.«

Es schien ihm schwerzufallen, mir weiterhin in die Augen zu sehen. Hätte ich es nicht besser gewusst, hätte ich angenommen, dass ihm der Schmerz, der uns erwartete, vertraut war. »Es tut mir leid«, sagte er noch einmal. »Ich habe versucht, es zu verhindern, aber mein Vater besteht darauf, dass der Palast sein Gesicht wahrt. Und da die Fotos von euch beiden bereits in der Öffentlichkeit kursieren, sehe ich keine Möglichkeit, ihn umzustimmen.«

Ich räusperte mich. »Wie viele Schläge?«

»Fünfzehn. Ich vermute, dass die Strafe bei Officer Woodwork wesentlich härter ausfallen wird als bei Ihnen, dennoch wird es sehr schmerzhaft sein. Manche werden dabei sogar ohnmächtig. Es tut mir unendlich leid, Marlee.« Er sah aus, als sei er von sich selbst enttäuscht. Aber ich konnte nur daran denken, wie gütig er war.

Ich richtete mich auf, um ihm zu zeigen, dass ich damit schon fertig werden würde. »Sie kommen hierher, schenken mir mein Leben und das Leben des Mannes, den ich liebe, und trotzdem entschuldigen Sie sich? Maxon, ich bin nie zuvor so dankbar gewesen!«

»Sie werden zu Achtern herabgestuft«, sagte er. »Und zwar vor aller Augen.«

»Aber Carter und ich dürfen zusammen sein, oder?«

Er nickte.

»Was sollte ich mir sonst wünschen? Dafür nehme ich die Rutenschläge gern auf mich. Und wenn es möglich wäre, würde ich auch noch seine ertragen.«

Maxon lächelte traurig. »Officer Woodwork hat mich geradezu angefleht, Ihre Schläge auf sich nehmen zu dürfen.«

Auch ich lächelte, und mir traten noch mehr Tränen – Tränen des Glücks – in die Augen. »Das überrascht mich nicht.«

Wieder schüttelte Maxon den Kopf. »Da denke ich, ich hätte eine Ahnung, was es bedeutet zu lieben, und dann erlebe ich Sie beide. Sehe, wie einer dem anderem Leid ersparen will, und frage mich, ob ich überhaupt etwas verstanden habe.«

Ich zog seine Jacke enger um mich. »Das haben Sie, da bin ich mir ganz sicher.« Ich schaute ihn an. »Sie allerdings ... Sie braucht wohl noch etwas Zeit.«

Er lachte leise. »Sie werden ihr fehlen. Sie hat mich immer ermutigt, mich um Sie zu bemühen.«

»Nur eine wahre Freundin würde versuchen, eine andere an ihrer Stelle zur Prinzessin zu machen. Aber ich war weder die Richtige für Sie noch für die Krone. Ich habe meinen Gefährten gefunden.«

»Sie hat mal etwas zu mir gesagt«, sagte er langsam, »das ich nie vergessen werde. Sie sagte: ›Wahre Liebe muss gewöhnlich die höchsten Hürden meistern.‹«

Ich blickte mich in meiner Zelle um. »Sie hatte recht.«

Ein paar Augenblicke lang schwiegen wir beide. »Ich habe Angst«, stieß ich schließlich hervor.

Er umarmte mich. »Es wird rasch vorbeigehen. Das Schlimmste wird die öffentliche Anklage sein, also konzentrieren Sie sich wenn möglich auf etwas anderes, während sie vorgetragen wird. Und wenn alles vorbei ist, werde ich Sie bestmöglich medizinisch versorgen lassen – mit den Medikamenten, die eigentlich für mich reserviert sind. Dann wird es schneller heilen.«

Ich fing zu weinen an, aus Furcht, Dankbarkeit und tausend anderen Gefühlen.

»Jetzt aber sollten Sie versuchen, ein wenig zu schlafen. Officer Woodwork habe ich das Gleiche empfohlen. Das wird Ihnen helfen.«

Ich nickte an seiner Schulter, und er zog mich fest an sich. »Was hat er gesagt? Wie geht es ihm?«

»Man hat ihn geschlagen, aber es geht ihm so weit

gut. Ich soll Ihnen sagen, dass er Sie liebt und dass Sie tun sollen, worum ich Sie bitte.«

Seine Worte trösteten mich. »Ich stehe für immer in Ihrer Schuld.«

Maxon antwortete nicht. Er hielt mich einfach nur fest, bis ich mich entspannte. Schließlich küsste er mich auf die Stirn und wandte sich zum Gehen.

»Auf Wiedersehen«, flüsterte ich.

Er lächelte mich an, klopfte zweimal an die Tür, und ein Wachmann geleitete ihn hinaus.

Ich ging zurück zu meiner Pritsche an der Wand, zog die Beine unter mein Kleid und benutzte Maxons Anzugjacke als Decke. Dann verlor ich mich in meinen Erinnerungen...

Jada massierte mich mit einer duftenden Lotion, ein Ritual, das ich schätzen gelernt hatte. Obwohl das Abendessen gerade erst vorbei und ich noch kein bisschen müde war, sagten mir ihre geschickt meine Arme hinuntergleitenden Finger, dass ich mein tägliches Pensum geschafft hatte und mich nun entspannen durfte.

Heute war es besonders stressig gewesen. Abgesehen davon, dass ich die Prellung an meiner Hüfte eigentlich hätte kühlen sollen, hatte mich der abendliche Auftritt im *Bericht* ziemlich angestrengt. Erstmals waren wir den Zuschauern ausführlicher vorgestellt worden und Gavril hatte uns mit Fragen bombardiert: Wie uns der Prinz gefiel, ob wir unser Zuhause vermissten und wie wir uns untereinander verstanden. Obwohl ich versucht hatte, ganz ruhig zu bleiben, hatte ich mich piepsig wie ein Vogel angehört. Mit jeder Antwort hatte sich meine Stimme vor Aufregung eine Oktave höhergeschraubt. Bestimmt würde Silvia dazu später noch eine Bemerkung machen.

Und natürlich verglich ich mich mit den anderen Kandidatinnen. Tiny hatte auch nicht gerade geglänzt, also bildete ich zumindest nicht ganz allein das Schlusslicht. Wer es am besten gemacht hatte, war schwerer zu beurteilen. Bariel verhielt sich ganz natürlich vor der Kamera, genau wie Kriss. Es würde mich nicht überraschen, wenn die beiden es bis in die Elite schafften.

Auch Americas Auftritt war großartig gewesen. Erst jetzt wurde mir klar, dass ich noch nie eine Freundin aus einer niedrigeren Kaste gehabt hatte. Allein bei dem Gedanken kam ich mir wie ein Snob vor. Seit ich im Palast lebte, war America meine engste Vertraute geworden – und wenn ich schon nicht zu den Topkandidatinnen zählte, freute es mich zumindest, dass sie oben mitmischte.

Natürlich waren alle Mädchen besser als Celeste. Noch immer konnte ich es nicht fassen, dass sie Americas Kleid zerrissen hatte. Und sie würde auch noch ungestraft davongekommen, da wohl kaum eins der Mädchen Maxon erzählen würde, was Celeste getan hatte. Klar verstand ich, dass sie gewinnen wollte – das wollten wir alle, verdammt nochmal –, aber Celeste trieb es zu weit!

Zum Glück massierten Jadas flinke Finger alle Anspannung aus meinem Nacken, und die Gedanken an Celeste verblassten, genau wie meine Piepsstimme, das schmerzhafte Posieren und die ganzen anderen Sorgen, die mit dem Wunsch, Prinzessin zu werden, einhergingen.

Als es an der Tür klopfte, hoffte ich, es wäre Maxon. Obwohl ich es eigentlich besser wusste. Aber vielleicht war es ja America, und wir konnten auf meinem Balkon Tee trinken oder im Garten einen Spaziergang machen.

Doch als meine Zofe Nina die Tür öffnete, stand der Officer von heute Morgen im Türrahmen. Er spähte frech an Nina vorbei und schien sich keinen Deut um das Protokoll zu scheren.

»Miss Marlee! Ich wollte sehen, wie es Ihnen geht!« Er schien sich so zu freuen, dass ich lachen musste.

»Bitte kommen Sie herein.« Ich ging zur Tür. »Nehmen Sie doch Platz. Sollen meine Zofen uns Tee bringen?«

Er schüttelte den Kopf. »So lange möchte ich Sie nicht aufhalten. Ich wollte mich nur vergewissern, ob Sie von Ihrem Sturz auch wirklich nichts zurückbehalten haben.«

Ich dachte, er hätte die Hände hinter dem Rücken verschränkt, um zumindest ein gewisses Maß an Etikette zu wahren, doch stattdessen zauberte er plötzlich einen Blumenstrauß hervor.

»Ooohh!« Ich schnupperte an dem Strauß. »Vielen Dank!«

»Nur eine kleine Aufmerksamkeit. Ich bin mit einem der Gärtner befreundet, und er hat ihn für mich zusammengestellt.«

Leise trat Nina zu uns. »Soll ich eine Vase holen, Miss?«

»Ja, bitte.« Ich reichte ihr die Blumen. »Also«, sagte ich dann wieder an den Officer gewandt. »Mir geht es sehr gut. Es ist nur eine kleine Prellung. Nichts Ernstes. Und ich habe eine nützliche Lektion über hohe Absätze gelernt.«

»Dass Stiefel besser sind?«

Wieder lachte ich. »Ganz genau. Ich habe vor, sie viel häufiger zu meinen Outfits zu tragen.«

»Damit werden Sie einen neuen Modetrend im Palast kreieren! Und dann kann ich behaupten, dass ich Sie schon gekannt habe, bevor Sie berühmt wurden.« Er schmunzelte über seinen eigenen Scherz, und wir standen da und lächelten einander an. Ich hatte den Eindruck, als wollte er gern noch bleiben, und mir ging es genauso. Sein Lächeln war so warmherzig, und ich fühlte mich in seiner Gegenwart unglaublich wohl.

Bedauerlicherweise wurde ihm bewusst, dass das nicht schicklich wäre, und er verbeugte sich kurz. »Ich sollte jetzt besser gehen. Ich habe morgen sehr lange Dienst.«

Ich seufzte. »Ich auch, in gewisser Weise.«

Er lächelte. »Hoffentlich bessert sich Ihre Prellung rasch. Bestimmt sehen wir uns bald wieder.«

»Ganz bestimmt. Und danke für Ihre Hilfe, Officer…«, ich schaute auf sein Namensschild, »Woodwork.«

»Jederzeit, Miss Marlee.« Er verbeugte sich noch einmal und verließ dann das Zimmer.

Shea schloss behutsam die Tür hinter ihm. »Was für ein Gentleman, dass er vorbeigekommen ist, um nach Ihnen zu sehen«, bemerkte sie.

»Allerdings«, pflichtete Jada ihr bei. »Manchmal weiß man bei diesen Wachen nicht, woran man ist, aber der Kerl scheint nett zu sein.«

»Er ist zweifellos einer von den Guten«, sagte ich. »Ich sollte Prinz Maxon von ihm erzählen. Vielleicht könnte man Officer Woodwork für seine Freundlichkeit belohnen.«

Obwohl ich nicht müde war, kroch ich in mein Bett. Wenn ich mich hinlegte, blieb nämlich nur noch eine Zofe bei mir, und dadurch hatte ich immerhin ein bisschen mehr Privatsphäre. Nina erschien mit einer blauen Vase, in der die gelben Blumen wunderhübsch aussahen.

»Bringen Sie sie bitte hierhin«, bat ich sie, und Nina stellte die Vase direkt neben mein Bett.

Ich schaute die Blumen an, und ein Lächeln umspielte meine Lippen. Obwohl ich es gerade selbst vorgeschlagen hatte, würde ich Prinz Maxon kein Sterbenswörtchen von Officer Woodwork sagen. Ich wusste nicht genau, warum, aber ich würde ihn ganz allein für mich behalten.

Das Knarren der Tür riss mich aus dem Schlaf, und ich sprang sofort auf und legte mir Maxons Jackett über die Schultern.

Ein Wachmann kam herein, er würdigte mich keines Blickes. »Hände ausstrecken.«

Ich hatte mich so an das »Miss« gewöhnt, dass ich ein paar Sekunden brauchte, um zu reagieren. Glücklicherweise schien der Wachmann nicht in der Stimmung zu sein, mich für meine Langsamkeit zu bestrafen. Ich streckte die Arme vor, und er fesselte sie mit schweren Eisenketten. Als er die Kettenenden fallen ließ, wurde mein ganzer Körper zu Boden gezogen.

»Los«, befahl er, und ich folgte ihm hinaus auf den Gang.

Carter wartete bereits, er sah furchtbar aus. Seine Kleider waren noch schmutziger als meine, und er schien sich kaum aufrecht halten zu können. Doch sobald er mich erblickte, strahlte er übers ganze Gesicht, wodurch sich ein Schnitt an seiner Lippe öffnete und zu bluten begann. Ich schenkte ihm ein zaghaftes Lächeln, dann führten uns die Wachmänner zur Treppe am Ende des Gangs.

Wegen unserer Aufenthalte in den Schutzräumen wusste ich, dass es im Palast sehr viel mehr geheime Gänge gab, als man vermutet hätte. Vergangene Nacht hatte man uns durch eine Tür in einem Wandschrank zu unseren Zellen gebracht. Jetzt nahmen wir denselben Weg hoch ins Erdgeschoss. Oben auf dem Treppenabsatz angekommen, drehte sich der Wachmann zu uns um. »Stehen bleiben«, bellte er.

Carter und ich standen hinter der halbgeöffneten Tür und warteten darauf, unserer Strafe zugeführt zu werden.

»Es tut mir leid«, flüsterte er. Ich blickte zu ihm auf. Seine Lippe blutete, und seine Haare waren zerzaust, ich aber sah nur den Jungen, der darauf bestanden hatte, mich zum Krankenflügel zu bringen. Den Jungen, der mir Blumen gebracht hatte.

»Mir nicht«, erwiderte ich so nachdrücklich, wie ich konnte.

In einem Sekundenbruchteil schoss mir jeder Augenblick durch den Kopf, den wir miteinander geteilt hatten. All die Male, als sich unsere Blicke getroffen und wir schnell zur Seite geschaut hatten; all die Male, als ich dafür gesorgt hatte, dass ich mich irgendwo in seiner Nähe aufhielt; jedes Zwinkern von ihm, wenn ich am Abend den Speisesaal betreten hatte; jedes leise Kichern von mir, wenn ich auf einem der Flure an ihm vorbeigegangen war.

Trotz all unserer Verpflichtungen hatten wir es geschafft, eine Beziehung zu führen, und selbst wenn ich heute in den Tod gehen müsste, würde ich meinen Frieden damit machen, weil ich meinen Seelenverwandten gefunden hatte. In meinem Herzen war zu viel Liebe, um etwas zu bereuen.

»Alles wird gut, Marlee«, versprach Carter. »Was

auch immer nach dem heutigen Tag passiert, ich werde für dich da sein.«

»Und ich werde für dich da sein.«

Carter beugte sich herab, um mich zu küssen, aber die Wachen hinderten ihn daran. »Das reicht!«, zischte uns einer zu.

Schließlich wurde die Tür ganz geöffnet, und Carter wurde vor mir nach draußen gezerrt. Die Morgensonne strahlte durch das offen stehende Eingangsportal, und ich musste den Blick auf den Boden richten, so sehr blendete sie mich. Das grelle Licht machte mich konfus, doch das ohrenbetäubende Gebrüll der Menschenmassen war schlimmer. Als wir vor die Tore des Palastes geführt wurden, schaute ich blinzelnd zu der Tribüne, die auf der Straße errichtet worden war. Es brach mir das Herz, America und May in der ersten Reihe sitzen zu sehen. Nachdem mich ein Stoß des Wachmannes fast zu Fall gebracht hätte, blickte ich nochmals auf und suchte nach meinen Eltern. Ich betete, dass man sie bereits fortgeschickt hatte.

Doch meine Gebete verhallten ungehört.

Maxon trug bestimmt keine Schuld daran. Er hatte alles versucht, um mir diese Strafe zu ersparen, daher war es sicher nicht seine Idee gewesen, dass mein Vater und meine Mutter zusehen mussten. Eigentlich wollte ich dem Zorn keinen Platz einräumen, aber ich wusste, wer dafür verantwortlich war, und glühender Hass auf den König brannte in mir.

Plötzlich riss man mir Maxons Jackett von den Schultern und zwang mich dazu, mich vor einen Holzklotz zu knien. Die Ketten wurden gelöst und meine Handgelenke in Lederschlaufen fixiert.

»Ein solches Vergehen wird mit dem Tod bestraft!«, rief jemand. »Aber in seiner großen Güte schenkt Prinz Maxon diesen beiden Verrätern das Leben. Lang lebe Prinz Maxon!«

Die Schlaufen um meine Handgelenke machten alles so real. Angst packte mich, und ich fing zu weinen an. Ich schaute auf meine unversehrten Hände, ich wollte sie so in Erinnerung behalten. Dann drehte ich mich zu Carter um.

Er verrenkte sich den Hals, um mich anschauen zu können. Das Gerüst, an das man ihn gebunden hatte, versperrte ihm die Sicht. Ich konzentrierte mich nur noch auf ihn. Ich war nicht allein. Wir waren füreinander da. Der Schmerz würde vorübergehen, aber Carter würde für immer der Meine sein. Meine Liebe, für immer.

Obwohl ich vor Angst zitterte, war ich trotzdem seltsam stolz. Ich verstand jetzt, dass es Menschen gab, die nie wissen würden, wie es sich anfühlte, dem *Einen* zu begegnen. Mir war es vergönnt. Ich hatte meinen Seelenverwandten gefunden. Und ich würde alles für ihn tun.

»Ich liebe dich, Marlee«, schwor Carter über das Gebrüll der Menge hinweg. »Wir werden es schaffen. Alles wird gut werden, ich verspreche es.«

Meine Kehle war wie ausgedörrt, und ich bekam kein Wort heraus. Ich nickte, damit er wusste, dass ich ihn verstanden hatte, aber ich war enttäuscht von mir, weil ich ihm nicht sagen konnte, dass ich ihn ebenfalls liebte.

»Marlee Tames und Carter Woodwork!« Bei der Nennung unserer Namen drehte ich den Kopf. »Ihnen wird hiermit Ihre Kastenzugehörigkeit entzogen. Sie gehören jetzt zu den Niedrigsten der Niedrigen. Sie sind ab sofort Achter!«

Das Volk jubelte und genoss unsere Demütigung.

»Und damit Sie die gleiche Schande spüren und den gleichen Schmerz erleiden, den Sie Seiner Majestät zugefügt haben, werden Sie öffentlich mit fünfzehn Rutenschlägen bestraft. Mögen Ihre Narben Sie immer an Ihre zahlreichen Sünden erinnern!«

Der Ankläger trat zur Seite und forderte die Zuschauer mit einer Geste zu einem letzten Jubelruf auf. Ich sah, wie die beiden maskierten Männer, die Carter und mich festgebunden hatten, lange Reisigbüschel aus einem Eimer Wasser zogen. Die Ansprache war vorbei, nun begann die Show.

Um sich warm zu machen, ließen sie die Reisigbüschel durch die Luft sausen, und ich wandte den Blick ab.

»Eins!«

Ich war kein bisschen auf den Schlag vorbereitet und wimmerte vor Schmerz. Einen Augenblick lang ebbte das qualvolle Pochen ein wenig ab, und ich dachte, es würde vielleicht doch nicht so schrecklich werden. Dann begann meine Haut zu brennen. Das Brennen wurde schlimmer und schlimmer bis …

»Zwei!«

Das Timing der Schläge war perfekt. In dem Moment, wo der Schmerz seinen Höhepunkt erreichte, kam eine weitere Welle von Schmerz hinzu. Ich schrie auf, und meine Hände zitterten vor Pein.

»Es wird alles gut werden!«, beschwor mich Carter. Ungeachtet seiner eigenen Schmerzen versuchte er, es für mich erträglicher zu machen.

»Drei!« Nach diesem Schlag beging ich den Fehler, meine Hände zu Fäusten zu ballen. Ich dachte, es würde den Schmerz vielleicht lindern. Doch stattdessen verschlimmerte der Druck ihn um ein Vielfaches, und ich stieß ein paar seltsam klingende, kehlige Laute aus.

»Vier!«

War das Blut?

»Fünf!«

Es war Blut.

»Es ist … bald vorbei«, versprach mir Carter. Er klang so schwach. Ich wünschte, er hätte sich seine Kräfte aufgespart.

»Sechs!«

Ich konnte nicht mehr. Ich konnte es nicht mehr ertragen. Auf keinen Fall konnte ich noch mehr Schmerz ertragen.

»Ich liebe … dich.«

Ich wartete auf den nächsten Hieb, doch der Ablauf schien irgendwie aus dem Tritt gekommen zu sein.

Jemand schrie meinen Namen, es klang fast, als käme man mir zur Hilfe. Ich versuchte mich umzusehen, aber das war ein Fehler.

»Sieben!«

Jetzt schrie ich meinen Schmerz ungebremst hinaus. Auch wenn es fast unerträglich war, auf den nächsten Schlag zu warten, es war noch viel schlimmer, wenn sie einen unvorbereitet trafen. Meine Hände waren zerfetzt, eine breiige, geschwollene Masse. Und als das Reisigbüschel ein weiteres Mal niedersauste, kapitulierte mein Körper. Alles wurde schwarz, und ich konnte wieder in meinen Träumen versinken …

Die Flure waren so leer. Nun da wir nur noch zu sechst waren, kam mir der Palast viel zu groß vor. Doch gleichzeitig engte er mich auch ein. Wie konnte Königin Amberly so leben? Es musste sehr einsam sein. Manchmal hätte ich am liebsten losgeschrien – nur, um irgendein Geräusch zu hören.

Ein perlendes Lachen drang an mein Ohr. Ich drehte mich um und entdeckte America und Maxon im Garten. Er hatte die Arme auf dem Rücken verschränkt, und America ging rückwärts vor ihm her, als ob sie ihm eine Geschichte erzählte. Sie machte ihm ihren Standpunkt klar und unterstrich das Gesagte mit ihren Gesten. Maxon beugte sich vor, lachte und kniff die Augen zusammen. Ich hatte fast den Eindruck, dass er die Hände auf dem Rücken behielt, weil er sich sonst nicht hätte beherrschen können und sie auf der Stelle in seine Arme gezogen hätte. Doch Maxon schien zu ahnen, dass ihr das vielleicht zu viel wäre und sie in Panik geraten könnte. Ich bewunderte seine Geduld und freute mich für ihn.

Vielleicht hätte es mich nicht so froh machen sollen, dass ich das Casting verlieren würde, aber ich konnte nichts dagegen tun. Sie passten einfach zu gut zusammen. Er brachte Ordnung in ihr Chaos. Sie konterte seinen Ernst mit Unbeschwertheit.

Ich dachte daran, dass ich vor nicht allzu langer Zeit selbst mit America im Garten umherspaziert war und ihr dabei fast ein Geständnis gemacht hätte. Aber dann hatte ich doch geschwiegen. Ich war so durcheinander, da war es besser, erst mal nichts zu sagen.

»Ein wundervoller Tag.«

Bei diesen Worten zuckte ich ein wenig zusammen, doch sobald ich seine Stimme erkannt hatte, wurde ich rot, und mein Herz fing zu rasen an. Ich kam mir absolut dämlich vor, weil ich mich so freute, ihn zu sehen.

Sein Mund verzog sich zu diesem schiefen Lächeln, und ich schmolz dahin.

»Ja, in der Tat«, sagte ich. »Wie geht es Ihnen?«

»Ganz gut«, antwortete er. Doch sein Lächeln verlor sich, und seine Augenbrauen zogen sich zusammen.

»Was ist denn los?«, fragte ich leise.

Er vergewisserte sich, dass wir allein waren. »Gibt es eine Tageszeit, zu der Ihre Zofen nicht anwesend sind?«, flüsterte er. »So dass ich mich ungestört mit Ihnen unterhalten könnte?«

Bei dem Gedanken daran, mit ihm allein zu sein, klopfte mein Herz beschämend laut.

»Ja. Gegen eins gehen sie zusammen mittagessen.«

»Dann komme ich kurz nach eins bei Ihnen vorbei.« Er ging davon, und das Lächeln auf seinen Lippen wirkte plötzlich traurig. Vielleicht hätte es mich mehr kümmern sollen, was mit ihm los war. Doch ich war nur überglücklich, dass ich ihn schon so bald wiedersehen würde.

Noch einmal schaute ich hinaus in den Garten. America und Maxon spazierten nun Seite an Seite. America hielt eine Blume in der Hand. Zögernd streckte Maxon den Arm aus und wollte ihn um ihre Taille legen, doch dann hielt er inne und nahm wieder seine vorherige Haltung ein.

Ich seufzte. Früher oder später würden sie es schon hinkriegen. Aber ich wusste nicht, ob ich mir das wirklich wünschen sollte. Denn ich wollte den Palast noch nicht verlassen. Noch nicht.

Mein Mittagessen rührte ich kaum an. Ich war zu nervös. Und auch wenn ich mich nicht ganz so albern verhielt, wie ich es noch vor ein paar Wochen wegen Maxon getan hatte, erwischte ich mich doch dabei, wie ich mich im Vorbeigehen in jeder spiegelnden Oberfläche musterte. Nur um sicherzugehen, dass ich einigermaßen vorzeigbar aussah.

Das tat ich nicht. Die Haut dieser Marlee war strahlender, ihre Augen waren größer. Sie stand sogar anders. Sie war anders. *Ich* war anders.

Ich hatte damit gerechnet, dass mich die Abwesenheit meiner Zofen entspannen würde, aber nun kam mir die Wartezeit umso länger vor. Was hatte er auf dem Herzen? Und warum wollte er es mir sagen? Ging es etwa um *mich*?

Ich hörte ein Räuspern und fuhr herum. Dummerweise hatte ich meine Tür offen gelassen, und er hatte mich bestimmt dabei beobachtet, wie ich im Zimmer auf und ab gelaufen war.

»Officer Woodwork«, sagte ich etwas zu freudig und verwandelte mich wieder in einen piepsenden Vogel.

»Hallo, Miss Marlee. Passt es Ihnen jetzt?« Mit zögernden Schritten betrat er mein Zimmer.

»Ja. Meine Zofen sind gerade gegangen und werden erst in ungefähr einer Stunde wieder hier sein. Setzen Sie sich doch«, bot ich ihm an und deutete auf den Tisch.

»Besser nicht, Miss. Ich glaube, ich muss das schnell hinter mich bringen und dann gleich wieder gehen.«

»Oh.« Vielleicht war es töricht gewesen, aber ich hatte Hoffnungen an dieses Treffen geknüpft, und jetzt ... Tja, jetzt hatte ich keine Ahnung, was mich erwartete.

Ich merkte, wie beklommen ihm zumute war, und

ertrug den Gedanken nicht, dass ich der Grund dafür sein könnte.

»Officer Woodwork«, sagte ich leise. »Sie können mir alles sagen. Sie müssen nicht so nervös sein.«

Er atmete hörbar aus. »Sehen Sie, genau das meine ich.«

»Wie bitte?«

Kopfschüttelnd setzte er von neuem an. »Es ist einfach nicht fair, und Sie trifft keinerlei Schuld. Tatsächlich bin ich gekommen, um die volle Verantwortung dafür zu übernehmen und Sie um Verzeihung zu bitten.«

Ich runzelte die Stirn. »Ich verstehe nicht.«

Er biss sich auf die Lippe und sah mich an. »Ich denke, ich muss mich bei Ihnen entschuldigen. Seit ich Ihnen zum ersten Mal begegnet bin, habe ich alles Erdenkliche unternommen, um Ihnen ›zufällig‹ auf einem der Flure über den Weg zu laufen oder kurz mit Ihnen reden zu können.«

Ich versuchte, mein Lächeln zu verbergen. Ich hatte genau das Gleiche gemacht.

»Unsere Unterhaltungen waren das Schönste, was ich bisher im Palast erlebt habe. Ihr Lachen zu hören, zu erfahren, wie Ihr Tag verlaufen ist, oder einfach nur mit Ihnen zu sprechen, egal über welches Thema – das alles war wunderschön.«

Wieder erschien das schiefe Lächeln auf seinem Gesicht, und ich schmunzelte bei dem Gedanken an diese Gespräche. Sie waren stets kurz und verstohlen gewesen. Doch noch nie hatte ich mich mit jemandem lieber unterhalten als mit ihm.

»Ich fand sie auch wunderschön«, gestand ich.

Sein Lächeln verschwand. »Und deshalb müssen wir damit aufhören.«

Hatte mir soeben jemand einen Schlag in den Magen versetzt, oder fühlte es sich nur so an?

»Ich fürchte, ich bin im Begriff, eine Grenze zu überschreiten. Ich wollte immer nur freundlich zu Ihnen sein, doch je häufiger ich Sie sehe, desto stärker ist der Impuls, meine Gefühle zu verbergen. Und wenn ich sie verbergen muss, dann bin ich Ihnen wohl schon zu nahegekommen.«

Ich blinzelte, um die Tränen zurückzuhalten. Ich hatte mich ihm gegenüber ganz genauso verhalten und mir eingeredet, es hätte nichts zu bedeuten. Obwohl ich es besser gewusst hatte.

»Sie sind die Seine«, sagte er, den Blick auf den Boden gerichtet. »Und Sie sind die Favoritin des Volkes. Wie sollte es auch anders sein? Das wird die königliche Familie zweifellos berücksichtigen, bevor der Prinz seine endgültige Wahl trifft. Begehe ich also Verrat, wenn ich weiterhin auf den Gängen heimlich mit Ihnen rede? Ich denke, ja.«

Wieder schüttelte er den Kopf, als versuchte er sich über seine Gefühle klarzuwerden.

»Sie haben recht«, flüsterte ich. »Ich bin wegen Maxon hierhergekommen, und ich habe versprochen, ihm treu zu sein. Und wenn das, was zwischen Ihnen und mir ist, über reine Freundschaft hinausgeht, dann muss es aufhören.«

Mit gesenkten Köpfen standen wir da, und das Atmen fiel mir schwer.

»Es sollte nicht so weh tun«, murmelte ich.

»Nein, sollte es nicht«, stimmte er mir zu.

Ich seufzte und rieb über eine schmerzende Stelle an meiner Brust. Dann blickte ich kurz auf und sah, dass Carter genau das Gleiche tat.

In diesem Moment wusste ich es. Er fühlte genau das, was ich fühlte. Es hätte nicht passieren dürfen, aber wie sollten wir es jetzt noch verleugnen? Was, wenn Maxon sich für mich entschied? Musste ich dann ja sagen? Was, wenn ich hier festsäße, verheiratet mit dem Prinzen, doch stets umgeben von dem Mann, den ich eigentlich wollte?

Nein.

Das würde ich mir nicht antun.

Ich gab jegliche damenhafte Zurückhaltung auf, eilte zur Tür und verriegelte sie. Dann lief ich zurück zu Carter, umfasste mit der Hand seinen Nacken und küsste ihn.

Er zögerte eine Millisekunde, dann schloss er mich in seine Arme und hielt mich so fest umschlungen, als sei ich etwas, das er zum Leben brauchte.

Als wir uns schließlich voneinander lösten, schüttelte er den Kopf. »Diese Schlacht habe ich wohl verloren«, tadelte er sich selbst. »Und es gibt auch keinerlei Hoffnung mehr auf einen geordneten Rückzug.« Doch obwohl seine Worte voller Bedauern waren, verriet das kleine Lächeln in seinem Gesicht, dass er genauso glücklich war wie ich.

»Ich kann nicht ohne dich sein, Carter«, sagte ich und benutzte dabei zum ersten Mal seinen Vornamen.

»Es ist gefährlich. Das ist dir doch klar, oder? Wir könnten beide sterben.«

Ich schloss die Augen und nickte, Tränen liefen mir über die Wangen. Ob nun mit oder ohne seine Liebe – ich spielte mit meinem Leben.

Ein Stöhnen weckte mich. Einen Moment lang wusste ich nicht, wo ich war. Dann fiel mir alles wieder ein. Die Halloween-Party. Die öffentliche Bestrafung. Carter ...

Das Zimmer war nur spärlich beleuchtet und gerade groß genug für ein Tischchen und die beiden Feldbetten, auf denen Carter und ich lagen. Als ich mich aufrichten wollte, stieß ich unwillkürlich einen kleinen Schrei aus. Wie lange würde ich meine Hände nicht benutzen können?

»Marlee?«

Ich drehte mich zu Carter und stützte mich auf den Ellbogen ab. »Ich bin hier. Alles okay. Ich habe nur den Zustand meiner Hände vergessen.«

»Ach, Liebling, es tut mir so leid.« Es klang, als hätte er Sand in der Kehle.

»Wie geht es dir?«

»Ich lebe noch«, scherzte er. Er lag auf dem Bauch, trotzdem sah ich, dass er lächelte. »Aber mir tut die kleinste Bewegung weh.«

»Kann ich dir irgendwie helfen?« Ich erhob mich ganz langsam und betrachtete ihn. Die untere Hälfte seines Körpers war mit einem Laken bedeckt. Ich hätte ihm so gerne geholfen, doch ich hatte keine Ahnung, was ich tun konnte, um seinen Schmerz zu lindern. Da entdeckte ich auf dem kleinen Tischchen verschiedene Gefäße, Verbandsmaterial und einen Zettel.

Er hatte nicht unterschrieben, aber ich erkannte Maxons Handschrift auch so.

Wenn Sie aufgewacht sind, wechseln Sie Ihre Verbände. Benutzen Sie die Salbe in dem Tiegel. Tragen Sie die Salbe mit den Wattestäbchen auf, um eine Infektion zu vermeiden, und wickeln Sie den Verband nicht zu fest. Die Tabletten werden Ihnen ebenfalls helfen. Anschließend sollten Sie sich ausruhen. Verlassen Sie auf keinen Fall das Zimmer.

»Carter, hier sind Medikamente für uns.« Mit den Fingerspitzen öffnete ich ganz vorsichtig den Deckel des Tiegels. Der Geruch der leicht zähflüssigen Salbe erinnerte mich entfernt an Aloe.

»Was?« Er wandte mir das Gesicht zu.

»Hier sind Verbandszeug und ein paar Anweisungen.«

Ich blickte auf meine mit Mull umwickelten Hände und überlegte, wie ich das hinkriegen sollte.

»Ich werde dir helfen«, bot Carter an, der meine Gedanken erraten hatte.

Ich lächelte. »Das wird kein Vergnügen.«

»Ganz bestimmt nicht«, murmelte er. »Und irgendwie hatte ich es mir anders vorgestellt, wenn du mich zum ersten Mal nackt siehst.«

Ich konnte das Lachen nicht unterdrücken. Und war wieder total verliebt. In weniger als vierundzwanzig Stunden hatte man mich vor aller Augen geschlagen, mich zur Acht herabgestuft, und nun wartete ich darauf, weiß Gott wohin ins Exil geschickt zu werden. Und trotzdem lachte ich.

Welche Prinzessin konnte sich mehr erträumen?

Wir hätten unmöglich sagen können, wie viel Zeit vergangen war, aber wir hielten uns an Maxons Anweisung und blieben in dem kleinen Zimmer.

»Was denkst du, wo sie uns hinschicken?«, fragte Carter. Ich lag neben ihm auf dem Feldbett und fuhr mit meinen Fingerspitzen über sein kurzgeschnittenes Haar.

»Wenn ich die Wahl hätte, würde ich lieber in einer heißen als in einer kalten Gegend leben.«

»Ich vermute auch, dass es eins von beidem sein wird.«

Ich seufzte. »Ich fürchte mich davor, kein Dach über dem Kopf zu haben.«

»Das musst du nicht. Im Moment tauge ich vielleicht nicht gerade besonders viel, aber ich kann für uns beide sorgen. Ich weiß sogar, wie man ein Iglu baut, falls man uns in die Kälte schickt.«

Ich lächelte. »Kannst du das wirklich?«

Er nickte. »Ich werde dir das schönste Iglu bauen, Marlee. Alle werden dich beneiden.«

Wieder und wieder küsste ich ihn auf den Kopf. »Übrigens, es stimmt nicht, dass du nichts taugst. Es ist ja nicht so, als ob ...«

Die Tür knarrte und öffnete sich dann. Drei Gestalten mit braunen Kapuzenmänteln kamen herein, und die Angst stieg in mir hoch.

Dann nahm die erste Gestalt ihre Kapuze ab. Ich schnappte nach Luft und sprang auf, um Maxon zu umarmen, hatte jedoch meine Hände vergessen und keuchte vor Schmerz.

»Es wird alles verheilen«, versicherte er mir. »Die Salbe braucht ein paar Tage, um richtig zu wirken, aber selbst Sie, Officer Woodwork, sollten bald wieder auf den Beinen sein. Ihre Verletzungen werden schneller als normalerweise üblich heilen.«

Maxon drehte sich zu seinen beiden Begleitern um. »Das hier sind Juan Diego und Abril. Bis heute haben sie im Palast gearbeitet. Jetzt werden Sie Ihre Identitäten annehmen. Marlee, bitte gehen Sie mit Abril dort in die Ecke. Die Herren und ich werden wegschauen, während Sie Ihre Kleider tauschen. Hier«, er reichte mir einen

Mantel, der dem von Abril glich. »Den können Sie sich beim Umziehen umhängen.«

Abril warf mir einen schüchternen Blick zu. »Alles klar«, sagte ich.

Wir stellten uns in eine Ecke. Abril entledigte sich ihres Rocks und half mir dann dabei, ihn anzuziehen. Ich schlüpfte aus meinem Kleid und reichte es ihr.

»Officer Woodwork, Sie werden wohl oder übel eine Hose anziehen müssen. Wir helfen Ihnen beim Aufstehen.«

Ich wandte mich ab und versuchte mich nicht von den Lauten bange machen zu lassen, die Carter von sich gab.

»Danke«, flüsterte ich Abril zu.

»Es war die Idee des Prinzen«, erwiderte sie leise. »Nachdem er herausgefunden hatte, wo man sie hinschicken will, muss er den ganzen Tag damit verbracht haben, in den Personalunterlagen nach jemandem zu suchen, der aus Panama stammt. Wir hatten uns als Sklaven an den Palast verkauft, um für unsere Familie sorgen zu können. Nun kehren wir nach Hause zurück.«

»Also Panama. Wir hatten uns schon gefragt, wo wir landen würden.«

»Es ist grausam vom König, Sie zusätzlich zu dem, was Sie bereits erdulden mussten, auch noch dorthin zu schicken«, murmelte sie.

»Was meinen Sie damit?«

Abril sah über die Schulter zu Maxon, um sich zu vergewissern, dass er ihr nicht zuhörte. »Ich bin als Sechs dort aufgewachsen, und das war kein Zuckerschlecken. Aber als Acht? Manchmal tötet man sie in Panama nur zum Spaß.«

Ungläubig starrte ich sie an. »Was?«

»Alle paar Monate liegt jemand, der jahrelang bettelnd an einer Ecke gesessen hat, tot auf der Straße. Und keiner weiß, wer es getan hat. Andere Achter? Die reichen Zweier und Dreier? Rebellen? Aber es passiert. Sehr wahrscheinlich hätten Sie nicht lange überlebt.«

»Jetzt halten Sie sich an meinem Arm fest«, forderte Maxon Carter auf, und ich drehte mich um. Carter stützte sich schwer auf den Prinzen, er hatte sich bereits die Kapuze über den Kopf gezogen.

»Gut. Abril, Juan Diego, die Wachen dürften bald ins Zimmer kommen. Legen Sie sich Verbände an und bewegen Sie sich so, als wären Sie verletzt. Ich gehe davon aus, dass man Sie in einen Bus setzen und fortbringen wird. Halten Sie Ihre Köpfe gesenkt, obwohl Sie wahrscheinlich ohnehin niemand genauer anschauen wird. Denn Sie sind jetzt Achter, und bis Sie wieder zu Hause sind, wird sich keiner mehr für Sie interessieren.«

»Wir danken Ihnen vielmals, Eure Hoheit«, sagte Juan Diego. »Ich hätte nie gedacht, dass wir unsere Mutter jemals wiedersehen würden.«

»Ich danke *Ihnen*«, entgegnete Maxon. »Ihre Bereitschaft, den Palast zu verlassen, rettet Marlee und Officer

Woodwork das Leben. Ich werde Ihnen nie vergessen, was Sie für die beiden getan haben.«

Ich blickte ein letztes Mal zu Abril.

»Okay.« Maxon zog sich die Kapuze über den Kopf. »Und jetzt los.«

Er führte uns hinaus auf den Flur, wobei sich Carter humpelnd auf ihn stützte.

»Wird denn niemand Verdacht schöpfen?«, flüsterte ich.

»Nein«, erwiderte Maxon, blickte sich aber trotzdem an jeder Ecke um. »Die einfachen Bediensteten wie Küchenhilfen oder Reinigungskräfte dürfen sich oben im Palast eigentlich nicht blicken lassen. Wenn Sie es aus zwingenden Gründen aber doch tun müssen, verhüllen sie sich auf diese Weise. Falls uns jemand entdeckt, wird er denken, dass wir etwas zu erledigen hatten und nun unterwegs zu unseren Zimmern sind.«

Wir stiegen eine lange Treppe hinunter, an deren Ende ein schmaler Flur mit Türen zu beiden Seiten lag. »Hier hinein.«

Wir folgten ihm in einen kleinen Raum. In einer Ecke stand ein Bett und daneben ein kleiner Tisch. Es hatte den Anschein, als warteten ein Krug Milch und etwas Brot auf uns, und allein beim Anblick des Essens knurrte mir der Magen. Ein dünner Teppich lag ordentlich ausgebreitet auf dem Boden, und neben der Tür hingen ein paar Regale an der Wand.

»Es ist nicht gerade üppig, aber Sie sind in Sicherheit.

Es tut mir leid, dass ich Ihnen nichts Besseres anbieten kann.«

Carter schüttelte den Kopf. »Wie ist es möglich, dass Sie sich bei uns entschuldigen? Noch vor ein paar Stunden sah es so aus, als würde man uns exekutieren. Doch jetzt sind wir am Leben, wir sind zusammen, und wir haben ein Zuhause.« Maxon und er blickten sich an. »Ich bin mir bewusst, dass meine Beziehung zu Marlee offiziell als Verrat angesehen wird, aber das Ganze hat rein gar nichts mit mangelndem Respekt Ihnen gegenüber zu tun, Eure Hoheit.«

»Das weiß ich.«

»Gut. Dann glauben Sie mir hoffentlich, wenn ich Ihnen versichere, dass niemand im ganzen Königreich Ihnen je so treu ergeben sein wird wie ich.« Nach diesen Worten zuckte Carter vor Schmerz zusammen und lehnte sich schwer gegen Maxon.

»Wir bringen Sie jetzt am besten ins Bett.«

Ich stützte Carter auf der anderen Seite, und Maxon und ich legten ihn auf den Bauch. Er beanspruchte den Großteil des Bettes, also würde ich heute Nacht wohl auf dem Teppich schlafen müssen.

»Morgen früh wird eine Krankenschwester nach Ihnen sehen«, erklärte Maxon. »Ihnen bleiben ein paar Tage, um sich zu erholen, und Sie sollten nach Möglichkeit die meiste Zeit über hier im Zimmer bleiben. In drei oder vier Tagen werde ich Sie offiziell als Arbeitskräfte eintragen lassen, und jemand aus der Küche wird Ihnen zu tun geben. Ich habe keine Ahnung, was Sie genau machen werden, aber egal, was man Ihnen an Arbeit zuweist, bitte geben Sie Ihr Bestes.

Ich werde, so oft es geht, nach Ihnen sehen. Im Moment weiß niemand, dass Sie hier sind. Die Wachen nicht, die Elite nicht, nicht einmal Ihre Familien. Sie werden nur mit einer Handvoll Bediensteter zu tun haben, und die Chancen, dass die Sie erkennen, sind gering. Trotzdem, von jetzt an heißen Sie Mallory und Carson. Nur so kann ich Sie schützen.«

Ich schaute zu ihm auf. Wenn ich einen Ehemann für meine beste Freundin aussuchen dürfte, wäre er es.

»Sie tun so viel für uns. Danke.«

»Ich wünschte, ich könnte noch mehr tun. Ich werde versuchen, ein paar Ihrer persönlichen Sachen herbringen zu lassen. Gibt es sonst noch etwas, was ich für Sie tun könnte?«

»Nur eins«, sagte Carter matt. »Wäre es Ihnen möglich, einen Geistlichen aufzutreiben?«

Ich brauchte einen Moment, bis mir der Grund für diese Bitte klarwurde, und als ich es begriffen hatte, traten mir Tränen des Glücks in die Augen.

»Bitte entschuldige«, fügte er an mich gewandt hinzu. »Das ist kein besonders romantischer Heiratsantrag.«

»Ich sage trotzdem ja«, flüsterte ich.

Seine Augen wurden feucht, und ich vergaß vorübergehend, dass Maxon noch im Zimmer war – bis er sich zu Wort meldete.

»Mit dem größten Vergnügen. Ich weiß nicht genau, wie lange es dauern wird, aber ich bekomme das hin.« Er holte die Medikamente aus seiner Tasche und stellte sie neben das Essen. »Tragen Sie die Salbe heute Abend noch einmal auf und sehen Sie zu, dass Sie möglichst viel Schlaf bekommen. Morgen wird sich die Krankenschwester die Verletzungen ansehen.«

Ich nickte. »Ich werde mich darum kümmern.«

Maxon drehte sich um und verließ lächelnd das Zimmer.

»Möchtest du etwas essen, mein Verlobter?«, fragte ich Carter.

Er grinste. »Nein danke, meine Verlobte, ich bin im Augenblick ziemlich erschöpft.«

»Na gut, mein Verlobter. Warum schläfst du dann nicht ein bisschen?«

»Ich würde besser schlafen, wenn meine Verlobte neben mir läge.«

Und dann vergaß ich meinen Hunger und kuschelte mich zu ihm auf das winzige Bett, wobei ich halb über der Bettkante hing und halb unter Carter lag. Es war kaum zu fassen, wie schnell ich einschlief.

2

Immer wieder ballte ich die Hände zu Fäusten. Zwar waren die Verletzungen schließlich verheilt, aber nach einem langen Tag pochten meine Handflächen manchmal und schwollen an. Heute schnürte mir selbst mein schmaler Ehering den Finger ein. Das Band franste an einer Seite bereits aus, und ich nahm mir vor, Carter morgen um ein neues zu bitten. Ich hatte aufgehört zu zählen, wie oft wir die Bänder schon ausgetauscht hatten, aber dieses Symbol an meinem Finger bedeutete mir viel.

Ich griff wieder nach dem Schaber und schaufelte das Mehl vom Tisch in den Abfalleimer. Andere Bedienstete des Küchenpersonals schrubbten die Böden oder räumten Zutaten weg. Für das Frühstück war alles so weit vorbereitet, und wir konnten bald zu Bett gehen.

Als mich ein Paar Hände um die Taille fassten, sog ich scharf die Luft ein. »Hallo, Ehefrau«, sagte Carter und küsste mich auf die Wange. »Immer noch fleißig?« Der Geruch seiner Arbeit haftete an ihm: frisch gemähtes Gras und Sonnenschein. Eigentlich war ich fest davon ausgegangen, dass er in den Stallungen bleiben müsste – wo er den Blicken des Königs entzogen war –, genau wie ich zu einem Dasein in der Küche verurteilt war. Doch stattdessen lief er mit Dutzenden anderen Gärtnern draußen herum und »versteckte« sich in aller Öffentlichkeit. Am Abend, wenn er ins Haus kam, hingen die Gerüche des Gartens in seinen Kleidern, und dann war es einen Augenblick lang so, als ob ich selbst an der frischen Luft gewesen wäre.

Ich seufzte. »Ich bin fast fertig. Wenn ich aufgeräumt habe, komme ich ins Bett.«

Er vergrub seine Nase an meinem Hals. »Übertreib es nicht. Wenn du willst, kann ich dir nachher die Hände massieren.«

»Das wäre großartig«, säuselte ich. Nach wie vor liebte ich meine Massagen am Ende des Tages – vielleicht noch mehr, seit Carter sie übernommen hatte. Doch wenn mein Arbeitstag erst früh am Morgen endete – was oft der Fall war –, musste ich zu meinem Bedauern darauf verzichten. Umso mehr freute mich nun die Aussicht darauf.

Manchmal verlor ich mich in Erinnerungen an meine früheren Tage als Lady Marlee. Wie sehr hatte ich es genossen, bewundert zu werden, der ganze Stolz meiner Familie zu sein und mich hübsch zu fühlen. Es war nicht leicht, auf einmal nur noch zu dienen, wenn man zuvor stets bedient worden war. Trotzdem war mir klar, dass die Dinge auch sehr viel schlimmer hätten laufen können.

Ich bemühte mich, mein Lächeln nicht zu verlieren, aber Carter merkte mir meine bedrückte Stimmung trotzdem an.

»Was ist los, Marlee? Du kommst mir in letzter Zeit so niedergeschlagen vor«, flüsterte er, ohne mich loszulassen.

»Ich vermisse meine Eltern, vor allem jetzt, da Weihnachten vor der Tür steht. Ich frage mich, wie es ihnen geht. Ob ich ihnen auch so sehr fehle wie sie mir?« Ich presste die Lippen zusammen, als könnte ich den Kummer auf diese Weise aus mir herausquetschen. »Und auch wenn es ziemlich albern ist, dass mir das etwas ausmacht: Wir werden uns wohl nichts schenken können. Was sollte das auch sein? Ein Laib Brot?«

»Einen Laib Brot fände ich toll!«

Ich schmunzelte angesichts seiner Begeisterung. »Aber ich hätte fürs Backen nicht einmal mein eigenes Mehl. Es wäre Diebstahl.«

Wieder küsste er mich auf die Wange. »Stimmt. Und außerdem: Als ich das letzte Mal etwas gestohlen habe, war das etwas ziemlich Großes, und ich bekam mehr, als ich verdiente. Ich bin also bereits glücklich mit dem, was ich habe.«

»Du hast mich nicht gestohlen. Ich bin doch keine Teekanne.«

»Hmm«, sagte er. »Vielleicht hast *du* ja auch *mich*

gestohlen. Denn ich kann mich deutlich daran erinnern, dass ich einmal mir selbst gehört habe. Doch jetzt gehöre ich nur dir.«

Ich lächelte. »Ich liebe dich.«

»Ich liebe dich auch. Bitte sei nicht traurig. Ich weiß, das ist eine schwierige Zeit, aber es wird nicht für immer so sein. Und wir haben dieses Jahr viele Gründe, dankbar zu sein.«

»Das stimmt. Es tut mir auch leid, dass ich heute so niedergeschlagen bin. Ich fühle mich bloß ...«

»Mallory!« Beim Klang meines neuen Namens fuhr ich herum. »Wo ist Mallory?«, fragte ein Wachmann und kam in die Küche. Er hatte ein Mädchen bei sich, das ich nie zuvor gesehen hatte.

Ich wurde nervös. »Ich bin hier«, antwortete ich.

»Bitte kommen Sie mit.«

Sein Ton war dringlich, aber durch sein »bitte« legte sich meine aufsteigende Panik etwas. Mit jedem Tag, der verstrich, machte ich mir größere Sorgen, jemand könnte dem König verraten, dass Carter und ich heimlich im Palast lebten. Sollte das jemals geschehen, würden uns die Rutenschläge nicht mehr wie eine Bestrafung, sondern wie eine Belohnung vorkommen.

Ich gab Carter einen Kuss. »Ich bin gleich wieder da.«

Als ich an dem Mädchen vorbeikam, ergriff sie meine Hand. »Danke. Ich warte hier auf Sie.«

Verwirrt runzelte ich die Stirn. »Okay.«

»Wir zählen auf Ihre absolute Diskretion«, sagte der Wachmann, während er mich den Flur entlangführte.

»Selbstverständlich«, erwiderte ich, obwohl ich keine Ahnung hatte, worum es eigentlich ging.

Wir liefen hinunter zu den Quartieren der Wachmänner, und ich wurde immer verwirrter. Als Küchenhilfe durfte ich diesen Teil des Palastes gar nicht betreten. Alle Türen waren geschlossen, bis auf eine, vor der ein weiterer Wachmann stand. Sein Gesichtsausdruck war gelassen, aber seine Augen blickten sorgenvoll.

»Tun Sie einfach Ihr Bestes«, sagte jemand im Zimmer. Und diese Stimme kannte ich.

Ich trat über die Türschwelle und beide Wachmänner folgten mir. America lag auf dem Bett, aus ihrem Arm floss Blut, und Anne, ihre Erste Zofe, untersuchte die Verletzung. Prinz Maxon schaute zu, er wirkte sehr angespannt.

Die Augen auf Americas Arm gerichtet, bellte Anne den Wachen ihre Anweisungen zu: »Jemand soll kochendes Wasser holen. Im Verbandskasten müsste Jod sein, aber ich brauche auch Wasser.«

»Ich hole es«, bot ich an.

Americas Kopf schoss hoch, und sie schaute mich an. »Marlee.« Dann fing sie zu weinen an, als der Schmerz zu übermächtig wurde.

»Ich bin gleich zurück, America. Halt durch!«

Ich hastete zurück in die Küche und schnappte mir ein paar Handtücher aus dem Schrank. Gott sei Dank kochte in einem Topf bereits das Wasser, und ich füllte etwas davon in einen Krug. »Cimmy, du musst diesen Topf wieder auffüllen«, rief ich eilig und war so schnell verschwunden, dass sie nicht mehr protestieren konnte.

Als Nächstes ging ich zu den Spirituosen. Die edelsten Tropfen wurden in der Nähe der Königsgemächer aufbewahrt, aber manchmal verwendeten wir Brandy beim Kochen. Ich hatte bereits ein Brandykotelett, Hühnchen in Brandysauce und Brandysahne für ein Dessert zubereitet. Ich griff mir eine der Flaschen in der Hoffnung, dass es America helfen würde.

Immerhin war ich nicht ganz unerfahren, was Schmerzen betraf.

Als ich zurückkam, fädelte Anne ein Stück Zwirn durch eine Nadel, und America versuchte gleichmäßig zu atmen. Ich stellte den Krug hinter Anne ab und legte die Handtücher daneben. Dann ging ich mit der Flasche zum Bett.

»Gegen die Schmerzen«, erklärte ich und hob Americas Kopf an. Sie versuchte den Brandy hinunterzuschlucken, hustete jedoch mehr Flüssigkeit aus, als sie tatsächlich trank. »Versuch es noch mal.«

Ich setzte mich auf die Bettkante, wobei ich darauf achtete, Americas verletztem Arm nicht zu nahe zu kommen, und setzte ihr die Flasche wieder in die Lippen. Diesmal trank sie ein bisschen mehr. Dann blickte sie zu mir auf. »Ich bin so froh, dass du da bist.«

Es brach mir das Herz, sie so zu sehen. Ich wusste

nicht, was überhaupt geschehen war, aber ich würde alles dafür tun, um es ihr leichter zu machen. »Ich bin immer für dich da, America. Das weißt du doch«, flüsterte ich, lächelte sie an und strich ihr eine Locke aus der Stirn. »Was in aller Welt hast du angestellt?«

Ich merkte, wie sie mit sich rang. »Ich hielt es für eine gute Idee«, erwiderte sie schließlich. Mehr sagte sie nicht.

Ich neigte den Kopf zu Seite. »America, deine guten Ideen sind allesamt Katastrophen«, sagte ich und unterdrückte ein Lächeln. »Großartige Absichten, aber katastrophale Ideen.«

Sie kräuselte die Lippen, als wollte sie mir zu verstehen geben, dass sie genau wusste, wovon ich sprach.

»Wie schalldicht sind diese Wände?«, erkundigte sich Anne bei den beiden Wachen. Es musste das Quartier der Männer sein.

»Ganz ordentlich«, antwortete der eine. »Man hört hier unten kaum etwas.«

Anne nickte. »Gut. Okay, alle gehen jetzt bitte auf den Flur. Miss Marlee, ich brauche ein bisschen Platz, aber Sie können bleiben.«

Es war so lange her, dass jemand außer Carter meinen richtigen Namen gesagt hatte, dass mir zum Weinen zumute war. Ich hatte ja keine Ahnung gehabt, wie viel mein Name mir bedeutete.

»Ich gebe acht, Ihnen nicht in die Quere zu kommen«, versprach ich.

Die Männer zogen sich auf den Flur zurück, und Anne übernahm das Kommando. Als sie America darauf vorbereitete, dass sie die Wunde nähen müsste, war ich beeindruckt, wie ruhig sie blieb. Ich hatte Americas Zofen immer gemocht, vor allem Lucy, weil sie so unglaublich nett war. Doch jetzt sah ich Anne in einem völlig neuen Licht. Es war bedauerlich, dass jemand, der in einer Krisensituation so gut reagierte, nicht mehr als eine Zofe sein konnte.

Dann begann Anne die Wunde zu reinigen. Ein Handtuch in Americas Mund erstickte ihre Schreie, und obwohl es mir absolut widerstrebte, lehnte ich mich auf sie, weil sie unbedingt still liegen musste. Ich achtete vor allem darauf, dass ihr verletzter Arm ausgestreckt blieb.

»Danke«, murmelte Anne und zog mit einer Pinzette ein winzig kleines schwarzes Fitzelchen aus der Wunde. War das Dreck? Asphalt? Gott sei Dank war Anne so gründlich. Allein die Luft um uns herum konnte zu einer hässlichen Infektion führen, doch das würde Anne ganz gewiss nicht zulassen.

»Es wird gleich vorbei sein, America«, versicherte ich ihr und dachte an das, was Maxon mir vor den Rutenschlägen gesagt hatte, und auch an Carters Worte. »Denk an etwas Schönes. Denk an deine Familie.«

America versuchte es, aber es gelang ihr ganz offensichtlich nicht. Die Schmerzen waren zu groß. Also flößte ich ihr noch mehr Brandy ein und ließ sie so lange kleine Schlückchen trinken, bis Anne fertig war.

Ob sie sich später wohl noch an irgendetwas erinnern würde? Nachdem Anne die Wunde verbunden hatte, traten wir beide vom Bett zurück und sahen zu, wie America mit dem Finger imaginäre Bilder an die Wand malte und dabei ein Weihnachtslied sang.

Wir grinsten.

»Weiß jemand, wo die Hundewelpen hin sind?«, fragte America. »Warum sind sie so weit weg?«

Anne und ich hielten uns die Hand vor den Mund und lachten so sehr, dass uns Tränen in die Augen traten. Die Gefahr war gebannt, America war versorgt, und in ihrem Kopf gab es einen Welpen-Notfall.

»Das sollten wir wohl besser für uns behalten«, bemerkte Anne.

»Ja, das finde ich auch.« Ich seufzte. »Was, glauben Sie, ist passiert?«

»Ich ahne nicht einmal ansatzweise, was sie gemacht haben, aber diese Verletzung ist ganz eindeutig eine Schusswunde.«

»Eine Schusswunde?«, rief ich aus.

Anne nickte. »Ein paar Zentimeter weiter links, und sie hätte sterben können.«

Ich schaute auf America herab, die jetzt mit den Fingern in ihrer Wange herumbohrte – offenbar, um festzustellen, wie sich das anfühlte.

»Gott sei Dank wird sie wieder gesund.«

»Selbst wenn ich nicht ihre Zofe wäre, würde ich mir wünschen, dass sie Prinz Maxons Frau wird. Ich weiß nicht, was ich getan hätte, wenn wir sie verloren hätten.«

Ich nickte. Ich wusste genau, was sie meinte. »Ich bin so froh, dass Sie heute Nacht für sie da waren. Ich sage den Männern, dass sie America zurück auf ihr Zimmer bringen können.«

Ich kauerte mich neben America. »Hey du, ich muss jetzt gehen. Begib dich nicht wieder in Gefahr, in Ordnung?«

Sie nickte träge. »Jawohl, Ma'am.«

Ganz bestimmt würde sie sich an nichts mehr erinnern.

Der Wachmann, der mich geholt hatte, stand jetzt am Ende des Gangs und passte auf. Die andere Wache saß vor dem Zimmer auf dem Boden und rang die Hände, während Maxon im Flur auf und ab lief.

»Und?«, fragte er.

»Es geht ihr besser. Anne hat die Verletzung gut versorgt, und America ist… Tja, sie hat eine Menge Brandy getrunken, deshalb ist sie ein wenig weggetreten.«

Der Text des Weihnachtslieds ging mir durch den Kopf, und ich schmunzelte. »Sie können jetzt hineingehen.«

Blitzschnell sprang der Wachmann vom Boden auf, und Maxon stürmte hinter ihm ins Zimmer. Gern hätte ich ihnen ein paar Fragen gestellt, aber wahrscheinlich war jetzt nicht der richtige Zeitpunkt dafür.

Erschöpft ging ich zurück zu unserem Zimmer. Nun,

da sich mein Adrenalinspiegel wieder normalisiert hatte, war ich fix und fertig. Ich hatte das Zimmer fast erreicht, als ich Carter entdeckte, der draußen vor der Tür auf dem Gang saß.

»Du hättest doch nicht wach bleiben müssen«, sagte ich leise, weil ich niemanden stören wollte.

»Ich habe ihr unser Bett gegeben«, sagte er in gedämpftem Ton, »und beschlossen, draußen auf dich zu warten.«

»Wem hast du unser Bett gegeben?«

»Dem Mädchen aus der Küche. Die mit dem Wachmann gekommen ist.«

»Oh, verstehe.« Ich setzte mich neben ihn. »Was will sie denn von mir?«

»Es klingt so, als solltest du sie anlernen. Ihr Name ist Paige, und nach dem, was sie mir gerade erzählt hat, scheint das heute ein *sehr* interessanter Abend gewesen zu sein.«

»Was soll das heißen?«

Er sprach jetzt noch leiser. »Sie ist eine Prostituierte. Sie sagt, America hätte sie gefunden und sie hergebracht. America und der Prinz haben heute Abend den Palast verlassen. Hast du eine Ahnung, wieso?«

Ich schüttelte den Kopf. »Ich weiß nur, dass ich Anne gerade dabei geholfen habe, eine Schusswunde an Americas Arm zu versorgen.«

Carters schockierter Gesichtsausdruck spiegelte meine eigenen Empfindungen wider. »Was hatten sie denn bloß vor, dass sie sich in solche Gefahr begeben haben?«

Ich gähnte. »Keine Ahnung. Aber bestimmt wollten sie etwas Gutes damit erreichen.«

Auch wenn sich Begegnungen mit Prostituierten und Schießereien nicht gerade besonders erbaulich anhörten: Wenn ich eines über Maxon wusste, dann, dass er immer bestrebt war, das Richtige zu tun.

»Jetzt komm«, sagte Carter. »Du kannst dich neben Paige legen. Ich schlafe auf dem Boden.«

»Nein. Ich bin da, wo du bist«, entgegnete ich. Ich wollte heute Nacht bei ihm sein. Mir ging so vieles durch den Kopf, und bei Carter fühlte ich mich geborgen.

Ich dachte daran, wie töricht ich es von America gefunden hatte, dass sie Maxon wegen der Rutenschläge böse gewesen war. Doch jetzt verstand ich sie. Obwohl ich allergrößten Respekt vor Maxon hatte, war ich dennoch ein kleines bisschen wütend auf ihn, weil er zugelassen hatte, dass America verletzt worden war. Zum ersten Mal sah ich meine öffentliche Auspeitschung aus ihrem Blickwinkel. Und erst da wurde mir klar, wie viel sie mir bedeutete und dass sie das Gleiche für mich empfand. Wenn sie auch nur halb so viel Angst um mich gehabt hatte, wie ich heute Abend um sie, dann war es sehr schlimm für sie gewesen.

Anderthalb Wochen war der Angriff nun her, und wir alle waren noch weit davon entfernt, wieder zur Tagesordnung zurückzukehren. Wo ich auch war, alle Gespräche drehten sich nur darum. Wir gehörten zu den wenigen glücklichen Überlebenden. Während andere im Palast erbarmungslos niedergemetzelt worden waren, hatten Carter und ich uns in unserem Zimmer versteckt. Er war draußen gewesen, als er Schüsse hörte. Im selben Moment, in dem er begriff, was geschah, raste er in die Palastküche, packte mich, und wir rannten zu unserem Zimmer. Ich half ihm, mit unserem Bett von innen die Tür zu verbarrikadieren.

Die Stunden vergingen, und ich lag zitternd in Carters Armen. Ich hatte Angst, dass die Rebellen uns entdecken könnten. Würden sie unser Leben verschonen? Immer wieder fragte ich Carter, ob es nicht besser gewesen wäre, vom Palastgelände zu fliehen. Aber er beharrte darauf, dass wir hier am sichersten wären.

»Du hast nicht gesehen, was ich gesehen habe, Marlee. Ich bezweifle, dass wir es schaffen würden.«

Also lagen wir da und warteten, lauschten dem Wüten der Rebellen und waren unglaublich erleichtert, als schließlich Bedienstete des Palastes den Gang entlanggingen und an die Türen klopften. Nachdem sie uns auf den neusten Stand gebracht hatten, bekam ich den seltsamen Gedanken nicht mehr aus dem Kopf, dass Clarkson noch König gewesen war, als wir uns in unser Zimmer geflüchtet hatten. Aber als wir es verließen, gehörte der Thron Maxon.

Bei Clarksons Krönung war ich noch nicht auf der

Welt gewesen, trotzdem kam mir der jetzige Machtwechsel ganz selbstverständlich vor. Vielleicht weil ich Maxon schon immer als zukünftigen Herrscher gesehen hatte.

Doch die Arbeit, die Carter und ich im Palast zu erledigen hatten, wurde nicht weniger, und mir blieb nicht viel Zeit, um über den neuen König nachzudenken.

Ich half bei der Zubereitung des Mittagessens, als ein Wachmann in die Küche kam und meinen neuen Namen rief. Als das zum letzten Mal passiert war, war es um Americas Schussverletzung gegangen, deshalb war ich sofort angespannt. Und ich wusste auch nicht genau, was es zu bedeuten hatte, dass Carter – schweißbedeckt von der Gartenarbeit – neben dem Wachmann stand.

»Weißt du, worum es geht?«, flüsterte ich ihm zu, als der Wachmann uns die Treppe hinaufführte.

»Nein. Ich kann mir nicht vorstellen, dass wir in Schwierigkeiten stecken, aber diese offizielle Eskorte durch den Wachmann ist nicht gerade beruhigend.«

Ich griff nach seiner Hand, wobei sich mein provisorischer Ehering ein wenig verdrehte, und der kleine Knoten zwischen unsere Finger rutschte.

Die Wache führte uns in den Thronsaal, in dem normalerweise Gäste begrüßt oder hochoffizielle Zeremonien abgehalten wurden. Maxon saß ganz am Ende des Saals, die Krone auf dem Kopf. Er sah so weise aus. Es machte mich stolz, America zu seiner Rechten auf einem etwas kleineren Thron sitzen zu sehen, die Hände im Schoß gefaltet. Sie trug noch keine Krone – die würde man ihr erst an ihrem Hochzeitstag aufsetzen –, aber sie hatte einen Kamm im Haar, der wie ein Sonnenstrahl leuchtete, und sah bereits sehr königlich aus.

An der Seite saß eine Gruppe von Beratern an einem Tisch, sie blätterten Dokumentenstapel durch und machten sich eifrig Notizen.

Wir folgten dem Wachmann über den blauen Teppich. Er blieb vor König Maxon stehen, verbeugte sich und trat dann zur Seite, so dass Carter und ich nur noch zu zweit vor den beiden Thronen standen.

Hastig senkte Carter den Kopf. »Eure Majestät.«

Ich schloss mich mit einem Knicks an.

»Carter und Marlee Woodwork«, begann Maxon lächelnd. Als ich meinen richtigen Ehenamen hörte, wäre ich vor Stolz fast geplatzt. »In Anbetracht Ihrer Dienste für die Krone, nehme ich, Ihr König, mir die Freiheit, die Ihnen in der Vergangenheit auferlegten Strafen aufzuheben.«

Carter und ich sahen uns an, uns war nicht ganz klar, was das bedeutete.

»Natürlich kann ich die Rutenschläge nicht rückgängig machen, doch die übrigen Anordnungen schon. Ist es korrekt, dass Sie beide zu Achtern herabgestuft worden sind?«

Es war bizarr, ihn so sprechen zu hören, aber ich vermutete, er musste sich an bestimmte Regeln halten.

»Ja, Eure Majestät«, antwortete Carter für uns beide.

»Und ist es ebenfalls korrekt, dass Sie während der vergangenen zwei Monate im Palast gelebt und die Arbeit von Sechsern verrichtet haben?«

»Ja, Eure Majestät.«

»Stimmt es ebenfalls, dass Sie, Mrs Woodwork, der zukünftigen Königin beigestanden haben, als es ihr nicht gutging?«

Ich lächelte America an. »Ja, Eure Majestät.«

»Und stimmt es weiterhin, dass Sie, Mr Woodwork, Mrs Woodwork, ein ehemaliges Mitglied der Elite, lieben und ehren und alles für sie getan haben, was unter den gegebenen Umständen möglich war?«

Carter senkte den Kopf. Ich sah ihm an, dass er sich fragte, ob er genug für mich getan hatte.

»Ja, Eure Majestät!«, meldete ich mich wieder zu Wort.

Mein Mann kämpfte mit den Tränen. Er hatte mir versprochen, dass unser Leben nicht für immer so sein würde, er war derjenige gewesen, der mir Mut zugesprochen hatte, wenn die Tage allzu lang gewesen waren. Wie konnte er glauben, dass er nicht genug für mich getan hätte?

»In Anerkennung Ihrer Dienste, entbinde ich, König Maxon Schreave, Sie beide von Ihrer Kastenzugehörigkeit. Sie sind nicht länger Achter. Carter und Marlee Woodwork, Sie sind die ersten Bürger von Illeá, die keiner Kaste mehr angehören.«

Blinzelnd sah ich ihn an. »Keine Kasten mehr, Eure Majestät?« Ich spähte hinüber zu America. Sie strahlte mich an, Tränen glitzerten in ihren Augen.

»So ist es. Sie müssen nun zwei Entscheidungen treffen. Als Erstes müssen Sie entscheiden, ob der Palast auch weiterhin Ihr Zuhause sein soll. Und zweitens können Sie mir mitteilen, welchem Beruf Sie gerne nachgehen würden. Wofür auch immer Sie sich entscheiden, meine Verlobte und ich werden Ihnen mit Freuden eine Unterkunft zur Verfügung stellen und Ihnen unterstützend zur Seite stehen. Und auch wenn Sie sich für einen bestimmten Beruf entschieden haben, werden Sie dennoch keiner Kaste angehören. Sie werden einfach nur Sie selbst sein.«

Völlig perplex drehte ich mich zu Carter um.

»Was denkst du?«, fragte er mich.

»Wir stehen vollständig in seiner Schuld.«

»Das sehe ich genauso.« Carter stellte sich aufrecht hin und wandte sich dann an Maxon. »Eure Majestät, meine Frau und ich wären glücklich, im Palast bleiben und Ihnen dienen zu dürfen. Ich kann nicht für Marlee sprechen, aber ich liebe meinen Job als Gartenpfleger. Es macht mir Spaß, an der frischen Luft zu arbeiten, und ich würde das mit Vergnügen weitermachen, so lange ich kann. Sollte die Stelle des leitenden Gärtners einmal frei werden, würde ich mich gern darauf bewerben. Aber ich bin auch so zufrieden.«

Maxon nickte. »Sehr schön. Und Mrs Woodwork?«

Wieder schaute ich America an. »Wenn die künftige Königin mich haben möchte, würde ich gern eine ihrer Hofdamen werden.«

America hüpfte kurz in ihrem Sessel hoch und legte sich die Hände aufs Herz.

Maxon blickte sie an, als sei sie das anbetungswürdigste Geschöpf auf der Welt. »Sie sehen ja selbst, dass dies genau das ist, was sie sich erhofft hat.« Er räusperte sich und setzte sich dann gerade hin. »Bitte halten Sie schriftlich fest«, rief er den Beratern am Tisch zu, »dass Carter und Marlee Woodwork ihre früheren Vergehen vergeben wurden und sie nun unter dem Schutz des Palastes stehen. Notieren Sie weiterhin, dass die beiden keiner Kaste mehr angehören und dieser Klassifizierung somit nicht mehr unterworfen sind.«

»Ist notiert!«, rief einer der Männer.

Sobald er das gesagt hatte, erhob sich Maxon und nahm seine Krone ab. America sprang von ihrem Thronsessel auf, lief zu mir und schloss mich in die Arme. »Ich habe so gehofft, dass du bleiben würdest!«, jubilierte sie. »Ohne dich schaffe ich das doch gar nicht!«

»Machst du Witze? Weißt du, wie glücklich ich bin, der Königin dienen zu dürfen?«

Maxon kam zu uns und schüttelte Carter fest die Hand. »Sind Sie sich auch wirklich sicher, was Ihren Job als Gartenpfleger betrifft? Sie könnten auch wieder in den Wachdienst zurück oder sogar einer meiner Berater werden, wenn Sie möchten.«

»Ja, ich bin mir sicher. Ich bin nie ein sonderlich guter Theoretiker gewesen. Diese Arbeit erfüllt mich.«

»Na schön«, sagte Maxon. »Wenn Sie es sich doch noch anders überlegen, dann sagen Sie mir Bescheid.«

Carter nickte und schlang einen Arm um mich.

»Ach ja!« America lief zurück zu ihrem Thron. »Das hätte ich fast vergessen!« Sie nahm eine kleine Schachtel und kam freudestrahlend zu uns zurück.

»Was ist das?«, fragte ich.

Sie lächelte Maxon an und wandte sich dann an mich. »Ich hatte dir versprochen, zu deiner Hochzeit zu kommen, aber das Versprechen konnte ich nicht halten. Und obwohl es ein bisschen spät kommt, dachte ich, ich könnte es vielleicht durch ein kleines Geschenk wiedergutmachen.«

America hielt uns die Schachtel hin, und ich biss mir in gespannter Vorfreude auf die Lippen. Nichts von dem, was ich mir für meine Hochzeit vorgestellt hatte – ein wunderschönes Kleid, ein rauschendes Fest, einen Saal voller Blumen –, hatte sich erfüllt. Das Einzige, was ich an meinem großen Tag bekommen hatte, war ein perfekter Bräutigam, und das machte mich so froh, dass ich über alles andere hinwegsehen konnte.

Trotzdem war es schön, ein Geschenk zu bekommen. Dadurch fühlte sich unsere Verbindung realer an. Ich öffnete die Schachtel. Zwei schlichte, wunderschöne Goldringe lagen darin.

Ich schlug mir die Hand vor den Mund. »America!«

»Wir haben uns alle Mühe gegeben, die richtigen Ringgrößen zu schätzen«, sagte Maxon. »Und falls Ihnen ein anderes Edelmetall lieber wäre, werden wir die Ringe selbstverständlich umtauschen.«

»Ich finde eure Bänder absolut entzückend«, erklärte America. »Und ich hoffe, ihr bewahrt die, die ihr jetzt gerade tragt, für immer irgendwo auf. Aber wir fanden, dass ihr etwas Langlebigeres verdient hättet.«

Ich starrte die Ringe an und traute meinen Augen kaum. Schon seltsam. Zwei so kleine Gegenstände, aber sie waren absolut unbezahlbar. Vor Freude war ich den Tränen nah.

Carter nahm den kleineren aus der Schachtel.

»Mal sehen, wie er aussieht.« Langsam zog er mir das Band vom Finger und behielt es in der Hand, während er den schmalen Goldreif an seinen Platz schob.

»Ein klein wenig zu weit«, sagte ich und drehte ihn an meinem Finger. »Aber er ist vollkommen.«

Entzückt griff ich nach Carters Ring. Er streifte das Band ab und verstaute es zusammen mit meinem. Sein Ring passte genau, und ich legte meine Hand auf seine und spreizte die Finger.

»Das ist zu viel!«, rief ich. »Zu viel Gutes für einen einzigen Tag.«

America schlang von hinten die Arme um mich. »Ich habe das Gefühl, dass noch eine Menge Gutes vor uns liegt.«

Ich erwiderte ihre Umarmung, und Carter schüttelte

Maxon noch einmal die Hand. »Ich bin so froh, dass ich dich wiederhabe«, flüsterte ich America ins Ohr.

»Ich auch.«

»Und du wirst jemanden brauchen, der dich davon abhält, über die Stränge zu schlagen«, neckte ich sie.

»Machst du Witze? Ich brauche eine ganze Armee von Leuten, die mich daran hindern, über die Stränge zu schlagen.«

Ich kicherte. »Ich werde dir nie genug danken können. Das weißt du, oder? Aber ich werde immer für dich da sein.«

»Dann ist das Dank genug.«

ANHANG

INTERVIEW MIT KIERA CASS

Gab es etwas, was Sie beim Schreiben von »Die Königin« selbst überrascht hat?

Ja, es hat mich überrascht, wie viel Gutes Amberly in Clarkson erkennt. Mir selbst fällt es nämlich schwer, in ihm noch etwas anderes zu sehen als einen Mann, der seinen Sohn quält. Doch als ich ihn aus Amberlys Blickwinkel betrachtete, entdeckte ich ebenfalls positive Seiten an ihm! Sie entscheidet sich dafür, Clarkson nicht zu verurteilen und voller Hoffnung, voller Vertrauen zu sein. Und ich finde, sie hat Clarkson dabei geholfen, ein besserer Mann zu werden. Er war alles andere als perfekt, aber ich glaube ehrlich, dass er durch ihren Einfluss nachgiebiger geworden ist.

Außerdem war es spannend zu ergründen, warum Clarkson überhaupt so geworden ist. Dadurch wird sein distanziertes Verhalten gegenüber Maxon ein wenig verständlicher. Clarkson hat seinen Eltern nie vertraut, und ich nehme an, er hat sich in dieser Hinsicht selbst auch nicht für vertrauenswürdig gehalten.

Mitzuerleben, wie Amberly den Mann bekommt, von dem sie ihr Leben lang geträumt hat, war ebenfalls sehr schön. Für sie ist es wirklich wie im Märchen.

Was hält Adele bei ihrer ersten Begegnung von Clarkson? Hat sie ihm angemerkt, dass er kein sehr liebevoller Vater sein würde?

Bis sie ihm persönlich begegnet ist, war Adele allein auf Amberlys Beschreibungen von Clarkson angewiesen, die stets sehr schmeichelhaft waren. Als die Familie schließlich den Palast besuchte, waren sie von dem ganzen Luxus so eingeschüchtert, dass es ihnen schwerfiel, überhaupt noch etwas anderes wahrzunehmen. Das ist auch der Grund, warum Amberlys Familie in den ersten drei Büchern fast nicht auftaucht – weil sie sich in dieser hochherrschaftlichen Welt nicht wohl fühlten.

Einzig Adele, die ihrer Schwester sehr nahestand, hat Amberly weiterhin im Palast besucht. Und was Clarkson betraf, so bekam Adele nur mit, wie er von ihrer Schwester schwärmte – was er häufig tat, vor allem zu Anfang. Trotz all seiner Fehler liebte er Amberly aufrichtig. Zwar zeigte er ihr das nicht unbedingt immer auf besonders charmante Weise, aber er liebte sie.

Als Maxon geboren wurde, dachten die meisten, dass sein Vater deshalb so streng zu ihm war, weil er ihn zu einem fähigen Prinzen erziehen wollte. Dass er seinen Sohn körperlich züchtigte, hätte niemand vermutet, hauptsächlich weil Maxon nie ein Wort darüber verlor.

Wie fast alle, die zu Clarkson Kontakt hatten, hat Adele in ihm also nur den beherrschten, ehrgeizigen und attraktiven Mann gesehen.

Beschreiben Sie Amberly mit sechs Wörtern.

Perfekt, perfekt, perfekt, perfekt, perfekt ... tot.

Beschreiben Sie Clarkson mit sechs Wörtern.

Nicht annähernd perfekt. Und ebenfalls tot.

Gab es etwas, was Sie beim Schreiben von »Die Favoritin« überrascht hat?

Ja, es war unglaublich süß, wie Marlee und Carter sich gefunden haben! Eine große Dramatik umgibt ihre Beziehung, doch wenn man sich die beiden so ansieht, dann ist alles einfach nur logisch. Er liebt sie, und sie liebt ihn. Egal, ob es der passende Zeitpunkt oder der geeignete Ort ist.

Die betrunkene America ist eine meiner Lieblingsszenen. Sie selbst weiß nichts mehr von den törichten Dingen, die sie sagt, nachdem Marlee ihr den Brandy eingeflößt hat, aber Marlee erinnert sich! Es ist immer schön, eine Szene aus dem Blickwinkel eines anderen Protagonisten zu erleben.

Hat Marlee ihre Eltern oft besucht, nachdem das Kastensystem abgeschafft worden war und sie nicht mehr unter falschem Namen leben musste?

Ja, und Carter auch! Maxon hat sie offiziell von allen Anschuldigungen freigesprochen, und sie gehören nun beide dem königlichen Haushalt an. In »Die Kronprinzessin« erfahren wir mehr über sie (und ihre Familie), was ich schön finde. Ich habe mir so sehr gewünscht, dass Marlee glücklich wird! Und es ist sehr befriedigend für mich zu erleben, dass sie bekommt, was sie sich wünscht.

Beschreiben Sie Marlee mit sechs Wörtern.

Die beste beste Freundin aller Zeiten!

Beschreiben Sie Carter mit sechs Wörtern.

Zu gut, zu attraktiv, zu liebenswürdig!

America sitzt auf einer einsamen Insel fest und darf nur drei Gegenstände mitnehmen. Welche sind das?

Ich vermute mal, ein Haufen Lebensmittel kommt nicht in Frage? Nein? Na schön ... Vielleicht eine Geige (um sich die Zeit zu vertreiben), eine Gabel (um damit Essbares aufzupieken und zu verspeisen) und eine Sonnenbrille (denn auch wenn sie gestrandet ist, bleibt sie trotzdem eine Königin).

Maxon sitzt auf einer einsamen Insel fest und darf nur drei Gegenstände mitnehmen. Welche sind das?

Seine Kamera (um die Schönheit der Insel festzuhalten), ein Notizbuch (um über die Schönheit der Insel zu schreiben) und eine Flasche (um America von der Schönheit der Insel zu berichten und sie anzuflehen, ihn zu retten).

Was können Sie den Lesern über Americas und Maxons erstgeborene Zwillinge, Eadlyn und Ahren, erzählen?

Zunächst mal ist es wahrscheinlich keine Überraschung, dass Eadlyn und Ahren Wunschkinder waren und sehr geliebt werden! Wir erleben zwar nicht, wie Maxon und America erfahren, dass sie Zwillinge bekommen, aber sie waren außer sich vor Freude (und auch ein bisschen geschockt), zwei Babys auf einmal zu bekommen. Als Eltern wollten sie nur das Beste für ihre Kinder, was feste Strukturen in der Erziehung, aber auch sehr viel Zuwendung bedeutete.

Als sie größer werden, erweisen sich Eadlyn und Ahren als sehr verschieden. Nicht nur im Aussehen, sondern auch im Charakter. Eadlyn, die wie Amberly aussieht, ist ehrgeizig, Fremden gegenüber reserviert und hat eine künstlerische Ader. Ahren, der Maxon verblüffend ähnlich sieht, ist fröhlich, geduldig und könnte mit jedem Menschen sofort ins Gespräch kommen.

Ihre Rollen in der Familie haben sie ebenfalls geprägt. Es ist nicht leicht, in dem Bewusstsein aufzuwachsen, dass man eines Tages Königin sein wird! Doch gerade ihre Verschiedenheit ist der Grund, warum Eadlyn und Ahren sich so gut verstehen. Sie sind einander in tiefer Liebe zugetan und haben auch kein Problem damit, sich das gegenseitig zu sagen. Wahrscheinlich weil ihre Eltern mit diesem Wort ebenfalls so freigebig umgehen.

Was unterscheidet »Die Kronprinzessin« von der »Selection«-Trilogie?

»Die Kronprinzessin« unterscheidet sich in vielerlei Hinsicht von »Selection«. Erstens: In allen Büchern gibt es stets auch eine politische Komponente, die in »Die Kronprinzessin« jedoch eine völlig neue Gestalt angenommen hat. Maxon und America sind mit den Rebellen und dem Kastensystem groß geworden. Beides existiert nicht mehr, und wir erleben Illeá in einem neuen Zeitalter und unter neuer Herrschaft. Daher erfordern die aktuellen politischen Probleme auch eine gänzlich andere Herangehensweise, was spannend ist.

Zweitens: Die erzählte Zeit ist unterschiedlich. Wenn man den Epilog von »Der Erwählte« ausklammert, dann findet die Handlung der ersten drei Bücher im Verlauf von fünf Monaten statt. Eadlyns Geschichte zieht sich über ungefähr drei Monate hin. Das klingt zwar nicht gerade nach einem großen Unterschied, doch immerhin geht es darum, den Mann fürs Leben zu finden, deshalb verblüfft mich die Geschwindigkeit, mit der sich alles entwickelt.

Und drittens: Der Ton ist ganz anders. Eadlyn ist nicht America. Sie steht schon immer im Licht der Öffentlichkeit und hat sich von Kindesbeinen an darauf vorbereitet, Verantwortung zu übernehmen. Daher spricht, denkt und fühlt sie völlig anders als ihre Mutter. Und, ganz ehrlich, ich bin mir nicht sicher, ob mir Eadlyns Ton immer gefällt. Aber ich respektiere sie und hoffe, dass sich die Leser – in dem Bewusstsein, dass es eine ganz eigene Geschichte ist – auf ihre Erlebnisse einlassen und ihr die gleiche Chance geben wie America.

WIE LEBEN SIE HEUTE?

Kriss Ambers

Nach ihrer Niederlage beim Casting kehrte Kriss nach Columbia zurück, um noch einmal ganz von vorn anzufangen. Als sie den Palast verließ, war sie zwar traurig über ihren zweiten Platz gewesen, doch erst bei der Hochzeit von Maxon und America wurde ihr das Ausmaß ihrer Niederlage bewusst. Sie machte den ganzen Tag lang gute Miene zum bösen Spiel, posierte für Fotos, tanzte mit den anderen Gästen, kehrte jedoch völlig deprimiert nach Hause zurück.

Über einen Monat lang ging Kriss nicht aus dem Haus. Sie analysierte jeden ihrer Schritte während des Castings, um herauszufinden, was sie hätte anders machen können. Kriss bedauerte zutiefst, Maxon ihren ersten Kuss geschenkt zu haben, und war nach wie vor davon überzeugt, dass eigentlich sie zur Königin bestimmt war. Erst als ihre Eltern auf sie einwirkten, traute Kriss sich wieder unter Leute. Sie nahm eine Stelle als Assistentin in der PR-Abteilung der heimischen Universität an, an der auch ihr Vater beschäftigt war.

Zunächst hasste sie ihren Job. Immer wieder kamen Leute vorbei, die Kriss um ein Foto mit »dem Mädchen, das am Casting teilgenommen hat« baten. Sie ahnten nicht, wie sehr diese Bezeichnung sie verletzte. Weil Kriss nicht damit klarkam, in der Öffentlichkeit zu stehen, fehlte sie oftmals wegen Krankheit. Und wenn sie anwesend war, erledigte sie den Großteil ihrer Arbeit in der Bibliothek, dem abgeschiedensten Teil der Universität.

Sie fragte sich, ob dies nun ihr Leben lang so weitergehen und man sie jemals als etwas anderes ansehen würde als das Mädchen, das Maxon *fast* geheiratet hätte.

Ungefähr sechs Monate nachdem Kriss ihre Tätigkeit an der Universität aufgenommen hatte, wurde dort eine Party für einen der Professoren veranstaltet. Elliot Piaria war leidenschaftlicher Botaniker und hatte über ein Jahr lang im Dschungel von Honduragua seltene Pflanzen gesammelt. Eigentlich hatte Kriss gar nicht zur Party gehen wollen, doch als sie merkte, dass sie nicht im Zentrum des Interesses stand, amüsierte sie sich sogar ganz gut. Und sie freute sich, die Bekanntschaft des jungen Professors zu machen, denn als man sie einander vorstellte, fragte er sie als Erstes, was sie unterrichte. Während seiner Zeit im Dschungel hatte er kaum Kontakt nach Hause gehabt und wusste daher so gut wie nichts über das Casting.

Von da an liefen sich die beiden häufig über den

Weg, und Elliot fragte Kriss immer wieder, warum sie nicht unterrichtete. Er war davon überzeugt, dass ihr Intellekt besser zu einem Hörsaal als zu einer Tätigkeit im PR-Bereich passte. Sein Interesse ließ sie aufblühen; es rührte sie mehr, als er ahnen konnte.

Elliot fühlte sich sehr zu Kriss hingezogen, und ihr gefiel es, dass er einer der wenigen Menschen war, die sie nur als sie selbst sahen und nicht als ehemalige Casting-Kandidatin. Sie gewann ihr Selbstvertrauen zurück und auch ihr fröhliches Wesen. Und kurz nachdem Kriss einen Lehrauftrag für Mathematik erhielt – was sie bis aufs Unterrichten nicht übermäßig begeisterte –, begannen die beiden, sich regelmäßig zu treffen.

Zunächst sträubte Kriss sich gegen ihre Gefühle für Elliot, weil sie Angst hatte, wieder verletzt zu werden. Doch Elliot war völlig verzaubert von ihr, und als sie gerade in besonders gelöster Stimmung war, machte er ihr spontan einen Antrag. Binnen eines Monats heirateten die beiden, und nach der Hochzeit gelangte Kriss endlich zu der Überzeugung, dass Elliot sie um ihrer selbst willen liebte und nicht die Absicht hatte, sich jemals von ihr zu trennen.

Sie ließen sich in Columbia nieder, wobei Elliots neugierige Natur sie auf der Suche nach neuen Studienobjekten immer wieder an die entlegensten Orte Illeás führte. Das Paar blieb kinderlos, doch sie zogen die verschiedensten Haustiere auf – viele davon waren überaus exotisch –, deren Verhalten sie studierten.

Natalie Luca

Nachdem sie aus dem Casting ausgeschieden war, kehrte Natalie zu ihren Eltern zurück, um sie über den Tod ihrer Schwester Lacey hinwegzutrösten. Nie zuvor hatten sie etwas so Schlimmes erlebt, und ihre Familie zerbrach fast daran. Weil sie mit dem furchtbaren Verlust nicht umgehen konnten, standen Natalies Eltern kurz vor der Trennung. Doch Natalie verhinderte das, indem sie ihnen klarmachte, dass eine Trennung das Letzte gewesen wäre, was Lacey gewollt hätte. Denn viele von Natalies und Laceys Freunden stammten aus kaputten Elternhäusern, und obwohl ihre eigenen Eltern nie stritten, hatten sich die beiden Schwestern immer vor einem ähnlichen Schicksal gefürchtet.

Die Ehe ihrer Eltern hielt, und Natalie verbuchte das als großen Erfolg.

Zum Zeitpunkt der Vermählung von Maxon und America war Natalie schließlich wieder ganz die Alte, und so war sie wahrscheinlich auch der heimliche Star der Hochzeitsfeier, denn sie tanzte wie entfesselt – angefeuert von America. Es war nicht allzu schlimm für Natalie, nicht Prinzessin von Illeá zu werden. Beim Anblick von Americas sittsam gefalteten Händen und ihrer aufrechten Haltung begriff sie, dass ihr die Regeln, die einem diese Art von Leben auferlegte, ohnehin nicht gefallen hätten. Denn Natalie wollte um keinen Preis ihre Selbstbestimmtheit aufgeben.

Nachdem sich die Aufregung um das Casting gelegt hatte, arbeitete Natalie im Juweliergeschäft ihrer Familie und ließ sich dort in der Goldschmiedekunst ausbilden. Das Entwerfen von Schmuckstücken ging ihr leicht von der Hand, und mit großer Anstrengung erlernte sie von ihrem Vater auch die nötigen handwerklichen Fertigkeiten.

Ungefähr zwei Jahre nach Beendigung des Castings brachte sie ihre erste Schmuckkollektion auf den Markt, und ihre Bekanntheit durch den Wettbewerb brachte ihr viel Aufmerksamkeit von prominenten Kunden ein. Schauspielerinnen und Musikerinnen trugen ihre Schmuckstücke, genau wie ihre gute Freundin, die Königin von Illeá. Schön und temperamentvoll, wie sie war, heiratete Natalie einen Schauspieler und wurde dadurch eine Zwei. Nicht lange danach ließ sie sich wieder scheiden – sie war einfach zu freigeistig, um in einer Ehe dauerhaft glücklich zu sein. Es war eine schwierige Zeit für Natalie, weil sie Trennungen stets verabscheut hatte, die Enge in einer Beziehung jedoch nicht ertragen konnte. Schlussendlich machte sie ihren Frieden mit ihrer Entscheidung. Da sie nun eine Zwei war, versuchte Natalie sich als Schauspielerin und ergatterte ein paar Nebenrollen in Komödien.

Ab und zu hatte Natalie Kontakt zu America, doch ihre engste Freundschaft aus Castingzeiten war die zu Elise. Obwohl sie für den Rest ihrer Tage weit voneinander entfernt lebten, ergänzten sich ihre unterschiedlichen Charaktere sehr gut, und in den wichtigen Momenten ihres Lebens kamen sie immer zusammen.

Elise Whisks

Elise empfand ihre Niederlage beim Casting wie eine öffentliche Demütigung, und nach dem brutalen Angriff am Tag der Verlobungsfeier setzte sie nie wieder einen Fuß in den Palast, auch nicht zur Hochzeit von Maxon und America.

Sie ahnte nicht, dass der Krieg gegen New Asia größtenteils inszeniert war. Der Anlass war ein nichtiger Handelsstreit, der von König Clarkson aufgebauscht und endlos in die Länge gezogen wurde. Der König führte den Krieg fort, um sein Volk von den Problemen in Illeá abzulenken, und er manipulierte die Einberufungen, um die niedrigeren Kasten und potentielle Aufrührer unter Kontrolle zu halten. Kurz vor Beginn des Castings hatte Maxon herausgefunden, dass etwas nicht mit rechten Dingen zuging, und seine Reise nach New Asia bestätigte seine Vermutungen. Die größeren Städte und die zentralen Industriestandorte blieben in auffälliger Weise verschont, die Kämpfe fanden hauptsächlich in den ärmeren Regionen des Landes statt. Auf beiden Seiten starben Tausende Soldaten einen sinnlosen Tod.

Elise hielt ihre guten Beziehungen daher für viel wertvoller, als sie in Wirklichkeit waren. Sie ging davon aus, dass ihre Heirat mit Maxon einen Frieden schaffen würde, an dem sein Vater jedoch keinerlei Interesse hatte. Nachdem er von seiner schicksalhaften Reise zurückgekehrt war, arbeitete Maxon im Verborgenen an einer Lösung, um den Disput zu beenden. Und so vereinbarte er kurz nach Antritt seiner Herrschaft einen Waffenstillstand zwischen beiden Ländern und verpflichtete Elise als Botschafterin. Sie willigte ein, denn sie betrachtete es als große Ehre, auf diese Weise ihrem Land und ihrer Familie dienen zu können.

Auf einer ihrer vielen Reisen gab es ein offizielles Treffen mit dem Direktor einer Firma, die einen Teil ihrer Profite dazu nutzte, die vom Krieg betroffenen Regionen wiederaufzubauen. Der Sohn des Direktors war nicht nur von Elises exzellenten Sprach- und Literaturkenntnissen, sondern auch von ihren tadellosen Umgangsformen und von ihrer Schönheit angetan. Er blieb mit ihr in Kontakt und hielt schließlich bei ihrer Familie um ihre Hand an. Begeistert willigte diese ein, denn der junge Mann würde eines Tages ein Vermögen erben und war in der besseren Gesellschaft von New Asia sehr angesehen.

Elises Freude, ihre Familie zufriedenzustellen, wog schwerer als ihre Bedenken, einen Mann zu heiraten, den sie nur ein paarmal getroffen hatte. Außerdem vertraute sie dem Urteil ihrer Familie. Zu Recht, wie sich bald herausstellte: Er war unglaublich großherzig ihr gegenüber und wartete geduldig, bis sie Gefühle für ihn entwickelte. Und als Elise schwanger wurde, war er völlig vernarrt in sie.

In Gegenwart ihrer Familie war Elise weiterhin sehr zurückhaltend, doch wann immer sie Kontakt zu Natalie hatte, schwärmte sie von ihrem liebenswürdigen und attraktiven Ehemann. Elise bekam zwei Jungen, die der ganze Stolz ihres Mannes und ihrer Familie wurden. Sie war verliebt und glücklich und hatte mehr erreicht, als sie sich jemals erhofft hatte. Und sie bedauerte nie, dass sie nicht selbst Prinzessin geworden war.

Das ganz große Glück?

Nur noch sechs Mädchen kämpfen um die Gunst von Prinz Maxon und die Krone von Illeá. America ist eine von ihnen, und sie ist hin- und hergerissen: Gehört ihr Herz ihrer ersten großen Liebe Aspen? Oder doch dem charmanten, gefühlvollen Prinzen? America muss die schwerste Entscheidung ihres Lebens treffen. Doch dann kommt es zu einem schrecklichen Vorfall, der alles ändert.

America, Aspen, Maxon – die romantischste
Dreiecksbeziehung, seit es Prinzen gibt!

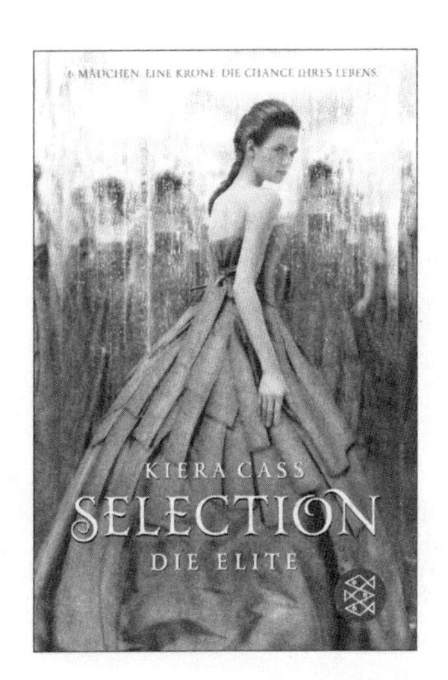

Kiera Cass
Selection – Die Elite
Aus dem Amerikanischen
von Susann Friedrich
Band 0095

Das gesamte Programm gibt es unter
www.fischerverlage.de

fi 8-0095 / 1

Die Entscheidung Ihres Lebens

Nur noch vier Mädchen konkurrieren um Prinz Maxon und die Krone von Illeá. America hätte nie zu träumen gewagt, in die engste Auswahl zu kommen. Doch während sich das Casting unaufhaltsam dem Ende nähert, versucht der König mit allen Mitteln America und Maxon zu entzweien. Und zur gleichen Zeit setzen die Rebellen den Palast härter denn je unter Druck. America wird klar, dass sie kämpfen muss – für ihre eigene Zukunft und für die von Illeá.

Der dritte Band des Weltbestsellers ›Selection‹!

Kiera Cass
Selection – Der Erwählte
Aus dem Amerikanischen
von Susann Friedrich
Ca. 384 Seiten, gebunden

Das gesamte Programm gibt es unter
www.fischerverlage.de

fi 7-6498 / 1